MW01686501

El cementerio sin lápidas
y otras historias negras

NEIL GAIMAN

El cementerio sin lápidas y otras historias negras

Traducción de Mónica Faerna

Rocaeditorial

El cementerio sin lápidas y otras historias negras
Título original: *M Is for Magic*

© Neil Gaiman, 2007
© de la cubierta: 2007, Arnoldo Mondadori Editores S. p A., Milán
Ilustración de la cubierta: Iacopo Bruno

Primera edición en España: septiembre de 2010
Primera edición en México: octubre de 2010

© de la traducción: Mónica Faerna

© de esta edición: Roca Editorial de Libros, S.L.
Marquès de l'Argentera, 17, Pral.
08003 Barcelona
correo@rocaeditorial.com
www.rocaeditorial.com

ISBN: 978-84-9918-122-6

Todos los derechos reservados. Quedan rigurosamente prohibidas, sin la autorización escrita de los titulares del copyright, bajo las sanciones establecidas en las leyes, la reproducción total o parcial de esta obra por cualquier medio o procedimiento, comprendidos la reprografía y el tratamiento informático, y la distribución de ejemplares de ella mediante alquiler o préstamos públicos.

Impreso en México / Printed in Mexico

Escribir historias de fantasía para los más jóvenes es como enviar carbón a Newcastle. Por el carbón.

Índice

Introducción

CUANDO era niño, una etapa de mi vida que aún sigo sintiendo muy cercana, me encantaban los relatos breves. Me gustaban porque me daba tiempo a leerlos de principio a fin en los ratos que podía dedicar a la lectura en aquella época: el recreo, la hora de la siesta o los trayectos en tren. Nada más empezar, la historia me atrapaba y me transportaba a un mundo nuevo y desconocido y, en cosa de media hora, me encontraba de nuevo sano y salvo en mi casa, o en el colegio.

Hay historias que, si las lees a la edad apropiada, te acompañarán el resto de tu vida. Puede que olvides el título, o quién las escribió; puede que con el paso del tiempo no recuerdes con claridad los detalles de la trama, pero si un relato te conmueve en cualquier sentido, pasará a formar parte de ti y se instalará para siempre en algún remoto rincón de tu mente.

El miedo es la emoción más intensa y la que deja una huella más profunda. Si un escalofrío te recorre el cuerpo, si al terminar de leer te encuentras cerrando el libro despacito, como con temor y, a continuación, apartándote de él con cuidado, puedes estar seguro de que esa historia permanecerá en tu cabeza para siempre. A los nueve años leí un cuento que terminaba en una habitación con las paredes y el suelo cubiertos de caracoles. Creo recordar que los caracoles en cuestión eran carnívoros y que reptaban lentamente hacia alguien con la intención de devorarlo. Todavía hoy, con sólo recordarlo, siento los mismos escalofríos que sentí al leerlo por primera vez.

La fantasía te cala hasta los huesos. Hay una curva en una carretera por la que paso de vez en cuando desde la cual se divisa un pueblecito situado más allá de unas verdes lomas; por detrás del pueblo asoman unos montes parduscos y de aspecto escabroso y, al fondo del todo, unas montañas cubiertas de niebla. Siempre que paso por allí, recuerdo cuando leí *El Señor de los Anillos*. Ese libro forma parte de mí, sus personajes y la historia que relata se quedaron grabados en algún lugar de mi mente y, cada vez que contemplo ese paisaje, la fantasía de Tolkien vuelve a cobrar vida en mi imaginación como por arte de magia.

Y la ciencia ficción (aunque aquí no encontraréis más que alguna pequeña muestra, me temo) te lleva más allá de las estrellas y te transporta a otras épocas y otras maneras de concebir el mundo. No hay nada mejor que introducirse durante un rato en la cabeza de un ser de otro mundo para recordar lo mucho que tenemos en común con nuestros semejantes.

Los cuentos son como ventanas diminutas que nos permiten asomarnos a otros mundos, a otras formas de pensamiento, a otros sueños. Son vehículos que nos transportan hasta los confines del universo y nos traen de vuelta a casa a tiempo para cenar.

Llevo ya casi un cuarto de siglo escribiendo relatos cortos. Al principio me fueron muy útiles para aprender el oficio y empezar a desarrollar mi estilo. Lo más difícil cuando eres un escritor novato es terminar algo, y eso fue lo que aprendí escribiendo cuentos. Ahora, la mayor parte de las cosas que escribo son historias bastante largas —cómics largos, libros largos o películas largas—, y escribir un relato breve, algo que puedo terminar en un fin de semana o, como mucho, en una semana, es una auténtica gozada.

Muchos de mis autores favoritos de cuando era niño siguen estando entre mis preferidos ahora que soy adulto; escritores como Saki o Harlan Edison, John Collier o Ray Bradbury. Hechiceros que practican la magia de cerca, que, con tan sólo veintisiete letras y unos cuantos signos de puntuación, pueden hacerte reír o romperte el corazón; y todo, en unas pocas páginas.

Otra ventaja que tiene un libro de cuentos es que no tienen por qué gustarte todos los relatos que lo componen. Si tropiezas con uno que no te gusta, no importa; tarde o temprano encontrarás uno que sí.

En este libro encontraréis desde un relato policíaco basado en personajes populares del folclore infantil hasta uno sobre un grupo de gente que disfruta comiendo; desde un poema sobre cómo debes comportarte si de pronto te encuentras metido en un cuento de hadas hasta un relato sobre un niño que se tropieza con un trol al pasar por debajo de un puente y termina haciendo un trato con él. También hay un cuento que formará parte de mi próxima obra —*El libro del cementerio*—, y que trata de un niño que vive en un cementerio, donde los muertos cuidan de él; y otro cuento que escribí cuando aún era un escritor novato y que se titula «Cómo vender el puente de Ponti», un relato fantástico inspirado en un personaje real, el *Conde* Victor Lustig, que llegó a vender la Torre Eiffel de un modo muy parecido a como sucede en el cuento (y que murió en la prisión de Alcatraz unos años más tarde). Además, hay un par de historias de no mucho miedo, otras dos bastante cómicas y unas cuantas más que no sé muy bien cómo clasificar pero que, en cualquier caso, espero que os gusten.

NEIL GAIMAN
Agosto de 2006

El cementerio sin lápidas y otras historias negras

EL CASO DE LOS VEINTICUATRO MIRLOS

Estaba sentado en la oficina, limpiando tranquilamente mi automática y echándome unos tragos. Fuera no había parado de llover en todo el día, cosa no precisamente insólita en nuestra hermosa ciudad, diga lo que diga la oficina de turismo. Pero, qué demonios, yo estaba allí tan ricamente. Y no trabajo para la oficina de turismo. Soy detective privado, y de los mejores aunque, a

Nota de la traductora:
Imaginaos a nuestro viejo amigo el señor Don Gato transformado en un cínico detective privado; un buen día, los Cinco Lobitos se presentan en su oficina y le contratan para investigar la misteriosa desaparición de un tal Mambrú, que fue visto por última vez en la oficina de reclutamiento. Bien, pues este primer cuento es algo así, sólo que en este caso los personajes proceden de canciones infantiles inglesas con las que probablemente no estaréis familiarizados. Para que no perdáis detalle y podáis seguir el hilo sin problemas, he insertado algunas notas a pie de página en las que os iré dando las explicaciones oportunas sobre quién es quién en esta disparatada historia. *(Esta nota y todas las siguientes son de la traductora.)*

juzgar por las apariencias, nadie lo diría; mi oficina es un cuchitril de mala muerte, no había pagado aún el alquiler de este mes y me estaba bebiendo mi última botella.

Quien más, quien menos, todos tenemos problemas. Para colmo de males, el único cliente que había tenido en toda la semana no había asomado la jeta por la esquina en la que habíamos quedado. Según él, iba a encargarme un trabajito de los gordos, pero eso ya no importaba: por lo visto, tenía una cita más urgente con el forense.

Así las cosas, cuando aquella muñeca entró en mi oficina pensé que la suerte empezaba a sonreírme.

—¿Qué le trae por aquí?

La mirada que me echó habría podido derretir un iceberg y mis pulsaciones se dispararon más allá de los tres dígitos. Tenía el cabello largo y rubio y una figura que habría hecho romper sus votos al mismísimo Tomás de Aquino. De momento, yo olvidé por completo la promesa que me había hecho a mí mismo de no trabajar nunca para una mujer.

—¿Le interesaría ganarse un buen fajo de billetes? —La dama tenía una voz seductoramente ronca y no se andaba con rodeos.

—Soy todo oídos. —No quería que se diera cuenta de lo mucho que necesitaba la pasta, así que me coloqué la mano delante de la boca; no es bueno para el negocio que el cliente vea que se te hace agua al oír la palabra «billetes».

La dama sacó una foto de su bolso; ocho por diez, satinada.

—¿Reconoce usted a este hombre?

En mi oficio, conviene estar al tanto de quién es quién.

—Sí —respondí.

—Está muerto.

—Lo sé. No es precisamente una novedad, cariño. Fue un accidente.

La mirada que me lanzó a continuación se podría haber cortado en cubitos para enfriar un cóctel.

—La muerte de mi hermano no fue un accidente.

Entonces, alcé una ceja —para sobrevivir en un oficio como el mío, hay que dominar ciertas artimañas— y repliqué:

—Su hermano, ¿eh?

Me pareció curioso; por su aspecto, resultaba difícil pensar en ella como hermana de nadie.

—Soy Jill Dumpty.

—Así que era usted hermana de Humpty Dumpty…

—Y le diré algo, señor Horner: mi hermano no se cayó de ese muro. Alguien le empujó.

Si la dama estaba en lo cierto, el caso podía ser interesante. Dumpty estaba detrás de la mayoría de los chanchullos que se llevaban a cabo en la ciudad; a bote pronto, me venían a la cabeza por lo menos cinco tipos que no habrían tenido reparos en quitarlo de en medio.

—¿Ha hablado usted con la poli?

—No. Los Hombres del Rey no han demostrado el más mínimo interés en la muerte de mi hermano. Dicen que hicieron cuanto estuvo en su mano por recomponerlo después de la caída.[2]

Me recosté en la silla.

2. Humpty Dumpty: Antes de ser inmortalizado por Lewis Carroll en *Alicia a través del espejo*, este personaje, un huevo, ya tenía su propia canción: «Estaba Humpty Dumpty sentado en lo alto del muro, / cuando perdió el equilibrio y se estampó contra el suelo duro. / Ni todos los caballos y los Hombres del Rey / fueron capaces de recomponerlo otra vez».

—¿Y qué es lo que anda buscando? ¿Qué tengo yo que ver con todo esto?

—Quiero que encuentre al asesino, señor Horner. Quiero poder llevarlo ante un tribunal. Quiero que lo frían como si fuera un huevo. Ah… Y otra *cosita* más —añadió, como de pasada—. Humpty tenía un sobre pequeño lleno de fotos; iba a enviármelo por correo, pero no tuvo ocasión. Son fotos de carácter médico. Estoy haciendo las prácticas de Enfermería y las necesito para preparar los exámenes finales.

Inspeccioné mis uñas con atención y, tras unos instantes, levanté la vista hacia ella, demorándome fugazmente en su cintura y otras curvas antes de mirarle a la cara. Era una auténtica belleza, aunque su graciosa naricilla tenía algún que otro brillo.

—Acepto el caso. Setenta y cinco por día y una bonificación de doscientos si lo resuelvo.

La dama sonrió; mi estómago dio una vuelta de campana y entró en órbita.

—Le daré doscientos más si me trae esas fotografías. Ser enfermera es lo que más deseo en el mundo —me dijo, y dejó caer sobre mi escritorio tres billetes de cincuenta.

Me limité a esbozar una sonrisilla de indiferencia.

—¿Puedo invitarla a cenar, preciosa? Resulta que acabo de heredar una pequeña fortuna.

Sin poder evitarlo, la dama se estremeció levemente y murmuró no sé qué sobre un problemilla con los enanos, lo cual me hizo sospechar que había dado con algo importante. Luego, me dedicó una media sonrisa que habría hecho perder un decimal al mismísimo Albert Einstein.

—Primero descubra quién asesinó a mi hermano, señor Horner. Y tráigame esas fotos. Después, jugaremos a lo que usted quiera.

La mujer se marchó y cerró la puerta tras de sí. Es posible que fuera siguiera lloviendo, pero no me fijé. Francamente, me daba lo mismo.

Hay ciertos rincones de la ciudad que la oficina de turismo nunca menciona. Rincones a los que no se acerca ni la bofia, a menos que vayan en grupos de tres. Pero, por razones de trabajo, yo suelo frecuentarlos más a menudo de lo que la prudencia aconseja. Y lo que aconseja la prudencia es abstenerse por completo de visitarlos.

El tipo me estaba esperando frente a la puerta del Luigi's. Las suelas de goma de mis zapatos me permitían avanzar sigilosamente sobre la encharcada acera.

—¿Qué tal?, Cock.

Cock Robin dio un respingo y se volvió hacia mí; de pronto, me di de boca con un cañón del 45 que me apuntaba directamente a la cara.

—Ah, Horner, eres tú —dijo, bajando el revólver—. No me llames Cock, ¿vale? Para ti soy Bernie Robin, pedazo de enano, no lo olvides nunca.

—Pues a mí me gusta más Cock Robin, Cock. ¿Quién mató a Humpty Dumpty?

El pájaro tenía una pinta más bien rara, pero en esta profesión uno no puede permitirse el lujo de andar con remilgos. Era mi mejor contacto en los bajos fondos.

—Primero quiero ver algo de pasta.

Saqué un billete de cincuenta.

—Caramba —murmuró—, un billete de los verdes. ¿Por qué no los harán de color malva, o morado, para variar? —Pero lo cogió de todos modos—. Lo único que sé es que el Gordinflón andaba metido en muchos chanchullos.

—¿Y?

—Uno de ellos tenía que ver con veinticuatro mirlos.

—¿Cómo?

—¿Hace falta que te lo deletree? Yo... Aaj... —gritó, y cayó al suelo desplomado, con una flecha clavada en la espalda.[3] Cock Robin no volvería a cantar nunca más.

El sargento O'Grady bajó la vista, observó el cadáver un momento y luego me miró a mí.

—¡Caramba, caramba! —exclamó—. Pero si es el mismísimo Jack Horner.

—Yo no maté a Cock Robin, sargento.

—Ya. Y supongo que la llamada que recibimos en comisaría para avisarnos de que pensabas dar boleto al ya difunto señor Robin (en este preciso lugar y esta misma noche) no era más que una broma.

—Y si he sido yo, ¿dónde están mis flechas? —Abrí un paquete de chicles y me puse a mascar uno—. Es un montaje.

Dio una última calada a su pipa de espuma de mar y, a continuación, se la sacó de la boca y tarareó con aire distraído los primeros acordes de la obertura de *Guillermo Tell.*

—Puede. O puede que no. Pero, en cualquier caso, sigues siendo el principal sospechoso. No abandones la ciudad. Y, una cosa más, Horner...

—¿Sí?

3. COCK ROBIN: En inglés, *robin* es el nombre de un pájaro: el petirrojo. Éste, en particular, tiene también su propia canción: «¿Quién mató a Cock Robin? / Fui yo, dijo el gorrión, / con un arco y una flecha / Yo maté a Cock Robin».

—La muerte de Dumpty fue accidental. Así lo dictaminó el forense y así lo creo yo. Abandona el caso.

Reflexioné unos instantes. Luego, pensé en el dinero y en la chica.

—Ni hablar, jefe.

Él se encogió de hombros.

—Tú sabrás —replicó y, por la expresión de su cara, supe que intentaba advertirme de que era mi propia vida lo que me jugaba de seguir husmeando en esa dirección.

De pronto, me di cuenta de que llevaba razón; si seguía adelante con el caso, me arriesgaba a que alguien se pusiera nervioso y decidiera quitarme de en medio.

—Este caso te viene grande, Horner. Estás jugando con los chicos mayores. Demasiado peligroso.

Y a juzgar por lo que recuerdo de mi paso por la escuela, no le faltaba razón. Siempre que jugaba con los chicos mayores, acababan dándome hasta en el carné de identidad. ¿Pero cómo se había enterado O'Grady de eso? ¿Cómo era posible que él lo supiera? Entonces, me acordé.

O'Grady era el que más me sacudía.

Había llegado el momento de hacer piernas, como se dice en nuestra jerga. Me pateé la ciudad de arriba abajo para llevar a cabo algunas discretas indagaciones, pero no descubrí sobre Humpty Dumpty nada que no supiera de antemano.

Humpty Dumpty era un huevo podrido. Recordaba perfectamente cómo era cuando llegó a la ciudad: un chico espabilado que se ganaba la vida adiestrando animales, con un talento especial para enseñar a los ratones a trepar por los relojes. Sin embargo, no tardó en entregarse a todos los vicios conocidos: juegos de azar, alcohol, mujeres…

La historia de siempre. Un joven brillante y despierto que se cree que las calles de Nanalandia están asfaltadas de oro y, cuando por fin descubre lo equivocado que estaba, ya es demasiado tarde para cambiar de vida.

Dumpty inició su carrera criminal practicando la extorsión y el robo a pequeña escala —adiestró a un equipo de arañas que asustaban a las niñas pequeñas a fin de apartarlas de sus papillas, para así poder robárselas y venderlas después a precio de oro en el mercado negro. Más tarde, se dedicó al chantaje: el juego más sucio de todos. Nuestros caminos se cruzaron una sola vez, a raíz de un trabajito que hice para un niño de la alta sociedad —pongamos que se llamaba Georgie Porgie—.[4] Me contrató para que recuperara unas fotos bastante comprometedoras en las que aparecía besando a diversas niñas y haciéndoles llorar. Logré hacerme con las fotos, pero también descubrí que no era aconsejable mezclarse en los asuntos del Gordinflón. Maldita sea, en mi oficio uno no puede darse el lujo de caer dos veces en el mismo error.

Ahí fuera el mundo es una jungla. Todavía recuerdo lo que le sucedió a la Pequeña Bo Peep[5] nada más llegar a la ciudad… pero no os voy a aburrir ahora con mis problemas. A menos que estéis muertos, imagino que tendréis bastante con los vuestros.

Me puse a repasar lo que habían publicado los periódicos en relación con la muerte del viejo Dumpty. Al parecer, estaba sentado tranquilamente en lo alto de la tapia y, sin más ni más, apareció hecho añicos en el sue-

4. Georgie Porgie: «Georgie Porgie, pudin y pastel, / besaba a las niñas y les hacía llorar. / Cuando los otros niños salían a jugar / Georgie se marchaba a todo correr».

5. Little Bo Peep es una pastorcilla que perdió su rebaño.

lo. Todos los Caballos y los Hombres del Rey se presentaron de inmediato en el lugar de los hechos, pero se ve que el Gordinflón necesitaba algo más que un simple procedimiento de primeros auxilios. Mandaron llamar a un tal Foster —un médico que conoció a Dumpty cuando aún vivía en Gloucester—, pero ningún médico, por bueno que sea, podría devolverle la vida a un muerto.

Un momento… ¡El doctor Foster!

De pronto, sentí saltar en mi cerebro esa chispa tan familiar para cualquiera que lleve en este negocio tanto tiempo como yo. Dos neuronas diminutas establecen el contacto adecuado y, en cuestión de segundos, tu cerebro entero se incendia con un fuego de veinticuatro quilates.

¿Recuerdan al cliente que no acudió a la cita, el tipo al que estuve esperando todo el día en aquella esquina? Una muerte accidental. Ni siquiera me había tomado la molestia de averiguar los detalles; no puedo perder el tiempo investigando a un cliente que no va a poder pagarme la minuta.

Por lo visto, ya no era una sola muerte lo que tendría que investigar. Eran tres.

Levanté el auricular del teléfono y llamé a la comisaría.

—Al habla Horner —le dije al policía que atendió mi llamada—. Póngame con el sargento O'Grady.

Se oyó un chisporroteo y, a continuación, oí la voz de O'Grady al otro lado del hilo.

—O'Grady al habla.

—Soy Horner.

—El pequeño Jack… ¿Qué tripa se te ha roto ahora? —Muy propio de O'Grady. Se burla de mi estatura desde que éramos críos—. ¿Te has convencido ya de que la muerte de Dumpty no fue más que un simple accidente?

—No. De hecho, ahora son tres las muertes que investigo. La del Gordinflón, la de Bernie Robin y la del doctor Foster.

—¿El doctor Foster? ¿El cirujano plástico? Su muerte fue accidental.

—Sí, claro. Y ahora me dirás que tu padre y tu madre estaban casados.

Se hizo un silencio.

—Horner, si llamas para insultarme y decir vulgaridades, te advierto que no está el horno para bollos.

—Vale, vale, listillo. Si la muerte de Dumpty fue un accidente y la del doctor Foster también, sólo me queda una duda por aclarar.

—¿Quién mató a Cock Robin? —No soy famoso precisamente por mi gran imaginación, pero creo poder jurar que le *oí* sonreír al otro lado del hilo mientras me respondía—: Fuiste tú, Horner. Y estoy dispuesto a jugarme la placa a que estoy en lo cierto.

Y colgó.

Mi oficina era una nevera y me sentía solo, así que dejé que mis pies me llevaran hasta el bar de Joe en busca de un poco de compañía y un par de copas o seis.

Veinticuatro mirlos. Un médico muerto. El Gordinflón. Cock Robin... Maldita sea, aquel caso tenía más agujeros que un queso suizo y más cabos sueltos que una falda de flecos. ¿Y en qué parte de aquel rompecabezas encajaba la despampanante señorita Dumpty? Jack y Jill; seríamos la pareja perfecta.[6] Cuando todo aquel asunto

6. Jack y Jill: «Jack y Jill subieron a lo alto de la colina / para coger un cubo de agua. / Jack se cayó y se rompió la crisma / y a continuación cayó Jill rodando por la ladera».

terminara, quizá podríamos escaparnos juntos unos días a ese hotelito que tiene Louie en lo alto de la colina, allí nadie pregunta si tienes una licencia de matrimonio. Si mal no recuerdo, el hotelito se llama algo así como El Cubo de Agua.

—Eh, Joe —le dije al camarero.

—¿Sí, señor Horner? —me preguntó mientras secaba un vaso con un trapo que probablemente había vivido tiempos más felices como camisa.

—¿Llegaste a conocer a la hermana del Gordinflón?

Se rascó la mejilla con aire pensativo.

—Pues no sabría decirle. Su hermana... Un momento. ¡Si el Gordinflón no tenía ninguna hermana!

—¿Estás seguro de eso?

—Sí, sí. Estoy seguro. Recuerdo perfectamente el día en que mi hermana dio a luz a su primer hijo; le comenté al Gordinflón que acababan de hacerme tío. El tipo me miró y me dijo: «Tienes suerte, Joe, yo nunca podré decir lo mismo. No tengo hermanos ni hermanas, de hecho no tengo familia ninguna».

Si la enigmática señorita Dumpty no era su hermana, ¿quién demonios era?

—Dime una cosa, Joe. ¿Le viste alguna vez acompañado de una muñeca más o menos de esta altura y con una figura así? —Mis manos trazaron un par de parábolas en el aire—. Una rubia de esas que cortan el aliento.

Joe negó con la cabeza.

—Nunca le vi en compañía de ninguna dama. Últimamente venía por aquí con un médico, pero jamás demostró interés por nada más que sus pájaros y demás animales.

Me eché al coleto un trago más y sentí como si me arrancaran de cuajo el velo del paladar.

—¿Sus animales? Creía que ya no se dedicaba a eso.

—Qué va. Hace un par de semanas estuvo aquí con una bandada de mirlos. Por lo visto, intentaba enseñarles a cantar un estribillo: «¿No es éste un exquisito manjar para a mm agasajar?».

—¿Mm?

—Eso es. No tengo la menor idea de quién era el agasajado en cuestión.

Solté bruscamente el vaso. Unas gotas salpicaron la superficie de la barra y me quedé observando cómo iban levantando la capa de pintura.

—Gracias, Joe. Me acabas de ayudar más de lo que te imaginas. Ten: por la información —le agradecí, tendiéndole un billete de diez dólares. Y añadí—: No lo gastes todo de golpe.

En mi profesión, son las bromitas como ésta las que te mantienen cuerdo.

Todavía me quedaba un contacto al que podía recurrir. La Yaya Hubbard.[7] Busqué un teléfono público y marqué su número.

—El Aparador de la Yaya Hubbard: repostería tradicional y sopas caseras.

—Soy Horner, Yaya.

—¿Jack? Ya sabes que no puedo hablar contigo. Me estás buscando un lío.

—No digas eso, corazón, ¿te has olvidado ya de los

7. OLD MOTHER HUBBARD: «La anciana Yaya Hubbard / abrió el aparador / buscando un hueso con el que premiar a su perro. / Pero al abrir el aparador / vio que estaba vacío, / y el pobre perrito se quedó sin su hueso».

viejos tiempos? Todavía me debes un favor. —Hacía tiempo, unos matones de tres al cuarto le desvalijaron El Aparador y yo les seguí la pista y logré recuperar la sopa y todos los bizcochos.

—Está bien. Pero con esto quedamos en paz.

—Tú que estás al tanto de todo lo que se cuece en el mundillo de la alimentación, ¿podrías decirme qué sabes de un pastel con veinticuatro mirlos cantarines dentro?

La Yaya Hubbard emitió un largo y sonoro silbido.

—¿En serio no sabes nada?

—Si lo supiera, no tendría que preguntarte a ti.

—La próxima vez, échales un vistazo a las noticias sobre Palacio antes de preguntar, cariño. Y ándate con ojo: este asunto te viene grande.

—Venga ya, déjate de historias y escupe de una vez.

—Pues resulta que hace unas cuantas semanas decidieron agasajar al Rey con ese preciso manjar… ¿Jack? ¿Sigues ahí?

—Sí, Yaya, sigo aquí —respondí, en voz baja. Y antes de colgar, añadí—: Y estoy empezando a entender muchas cosas.

Al parecer, a fuerza de hurgar con el dedo, el Pequeño Jack Horner había logrado sacarle una pasa a este pastel.[8]

Seguía lloviendo sin parar y hacía frío. Cogí el teléfono de nuevo y pedí un taxi.

Un cuarto de hora después, lo vi surgir de entre las sombras.

—Llega tarde.

8. Little Jack Horner: según la canción, el Pequeño Jack Horner estaba sentado en un rincón comiéndose un pastel y, hurgando con el dedo, le quitó una pasa y exclamó: ¡Qué buen chico soy!

—Pues, si lo desea, presente una reclamación en la oficina de turismo.

Me senté en el asiento trasero, bajé la ventanilla y encendí un cigarrillo.

Y me fui a ver a la Reina.

La puerta que daba acceso a la zona privada del palacio estaba cerrada con cerrojo. Dicha zona está vedada al público en general. Pero yo nunca he sido público en ningún sentido, de modo que aquel pequeño cerrojo no fue suficiente para detenerme. La puerta de los reales aposentos, ornada con el emblema de la Reina —un enorme corazón rojo—, no estaba cerrada con llave, así que llamé con los nudillos y entré sin esperar respuesta.

La Reina de Corazones estaba de pie, frente a un espejo y, al parecer, estaba sola en la habitación.

Tenía un plato lleno de tartaletas de mermelada en una mano, mientras que con la otra, se empolvaba la nariz.

—Qué tal, reina mía —saludé—. ¿O prefiere que la llame, simplemente, Jill?

Seguía siendo una mujer bellísima, aun sin su rubia peluca.

—¡Lárguese de aquí! —susurró.

—Ni lo sueñe, muñeca —repliqué, sentándome en la cama—. Primero déjeme que le cuente un par de cositas.

—Muy bien —dijo, mientras tanteaba la pared que tenía detrás para pulsar el botón de alarma.

No intenté detenerla. Había tenido la precaución de cortar los cables antes de entrar. En mi profesión, toda cautela es poca.

—Déjeme que le cuente un par de cositas.

—Eso ya lo ha dicho antes.

—Se lo contaré a mi manera. ¿Estamos, preciosa?

Encendí un cigarrillo y una delicada pluma de humo azul se elevó en dirección al cielo, donde también acabaría yo si mi corazonada resultaba ser un bluf. Sin embargo, hace tiempo que aprendí a confiar en mis corazonadas.

—De entrada, veamos qué le parece esto: Dumpty, o sea el Gordinflón, no era su hermano. Ni siquiera su amigo. De hecho, le estaba haciendo chantaje. Él sabía lo de su nariz.

A lo largo de mi carrera he visto muchos cadáveres, pero no recuerdo ninguno que tuviera el rostro tan pálido como la Reina cuando mencioné su nariz. Instintivamente, alzó una mano para ocultarla.

—Verá, conozco al Gordinflón de hace tiempo y resulta que sé que hace muchos años se ganaba muy bien la vida adiestrando pájaros y otros animales para que pudieran llevar a cabo ciertos trabajitos no demasiado honestos. Y eso me dio que pensar… Hace poco tuve un cliente que no llegó a presentarse a la cita que habíamos concertado y no pudo acudir a la cita sencillamente porque lo acababan de embalsamar. Se trataba del doctor Foster, un cirujano plástico que procedía de Gloucester. Según la versión oficial, su muerte se debió a que había cometido la imprudencia de sentarse demasiado cerca del fuego y el pobre se derritió.

»Pero supongamos por un momento que alguien le mató para que no pudiera revelar lo que sabía. Entonces sumé dos y dos y… ¡bingo! Déjeme que le describa la escena completa tal como yo la imagino: usted se encontraba en el jardín (probablemente, tendiendo la colada) cuando apareció uno de los mirlos adiestrados que

Dumpty había introducido dentro del pastel y *le arrancó la nariz.*[9]

»De modo que ahí estaba usted, petrificada en mitad del jardín, cubriéndose el rostro con las manos, cuando apareció el Gordinflón con una oferta que usted no podía rechazar. Le dijo que conocía a un cirujano plástico que le dejaría la nariz como nueva, a un precio más que razonable. Nadie tenía por qué llegar a enterarse de lo ocurrido. ¿Voy bien, hasta ahora?

La Reina asintió con la cabeza y, a continuación, con un hililllo de voz, murmuró:

—Más o menos. Excepto que, inmediatamente después del ataque, corrí al salón a comer un poco de pan con miel. Allí fue donde me encontró Humpty Dumpty.

—Muy bien —repliqué. Sus mejillas empezaban a recobrar el color—. A continuación, Foster le practicó la operación y todos tan contentos. Hasta que Dumpty le dijo que había tomado fotos durante su operación. Llegados a este punto, no le quedaba más remedio que deshacerse de él. Un par de días más tarde, salió usted a dar un paseo por los alrededores de palacio. Allí estaba Humpty, sentado en un muro y de espaldas a usted, con la mirada perdida en el horizonte. En un arrebato de locura, se

9. La canción a tener en cuenta a partir de ahora se titula «Cántame una canción de a seis peniques». Y dice más o menos así: «Cántame una canción de a seis peniques. / Un puñado de centeno. / Veinticuatro mirlos / dentro de un pastel. // Al cortar el pastel, / los mirlos se pusieron a cantar: / ¿No es éste un delicioso manjar / para a un rey agasajar? // El rey estaba en la Casa del Tesoro / contando monedas de oro. / La reina estaba en el salón / comiendo pan con miel. // La criada estaba en el jardín, / tendiendo la colada, / cuando apareció un mirlo / y le arrancó la nariz.

acercó a él y lo empujó. Entonces Humpty Dumpty perdió el equilibrio y se estampó contra el suelo.

»Mas ahora se encontraba en un serio aprieto. Era imposible que alguien pudiera siquiera imaginar que usted lo había asesinado, pero ¿dónde estaban las fotos? Foster no las tenía en su poder, aunque el tipo era una rata y, además, tenía que deshacerse de él antes de que pudiera hablar conmigo. Pero usted no estaba segura de cuánto podía haberme contado ya y, en cualquier caso, seguía sin saber dónde estaban las dichosas fotos, de modo que decidió contratarme para que yo lo averiguara. Y ése fue su gran error, señora mía.

El labio inferior de la Reina tembló y mi corazón se estremeció.

—¿No irá usted a entregarme, verdad?

—Guapa, hace apenas unas horas me tendió una trampa, llamó a la poli y les dijo que me proponía asesinar a Bernie Robin. No esperará que me sienta inclinado a hacerle un favor ahora, ¿verdad?

Con mano temblorosa, la Reina comenzó a desabrocharse los botones de la blusa.

—¿Y no podríamos llegar a alguna clase de acuerdo usted y yo?

Moví la cabeza para indicarle que no.

—Lo lamento mucho, majestad. Mi mamá siempre me decía que mantuviera mis manos bien lejos de la realeza. Es una pena, pero qué le vamos a hacer.

Para no caer en la tentación, aparté la vista de ella. Gran error. En menos de lo que se tarda en cantar una canción de a seis peniques, la Reina sacó una coqueta pistolita de esas que usan las damas. El tamaño del arma no resultaba intimidante, desde luego, pero yo sabía muy bien que bastaba y sobraba para borrarme del mapa definitivamente.

Aquella damisela era *letal.*

—Suelte el arma, majestad —ordenó el sargento O'Grady, que acababa de irrumpir en la alcoba empuñando en su regordeta mano el arma reglamentaria.

—Siento haber sospechado de ti, Horner —me dijo, sin andarse por las ramas—. Sin embargo, tienes suerte de que lo hiciera. Te seguí hasta aquí y he oído toda la conversación.

—Bienvenido, sargento, me alegro de que decidiera dejarse caer por aquí. Pero aún no he terminado. Tome asiento, por favor, y concluiré mi historia.

O'Grady asintió con brusquedad y tomó asiento. No parecía dispuesto a alejarse demasiado de la puerta y seguía apuntando a la Reina con su arma.

Me levanté de la cama y caminé hacia donde estaba la Reina.

—Verá, lo que no le he dicho todavía es quién tenía en su poder esas fotos. Las tenía Humpty, sí, las llevaba encima cuando usted le mató.

Frunció de forma adorable sus delicadas cejas.

—No comprendo... Hice que registraran el cadáver.

—No me cabe la menor duda. Después. Pero los primeros en acercarse al cadáver del Gordinflón fueron los Hombres del Rey. La bofia. Y uno de ellos encontró el sobre y decidió guardárselo discretamente en el bolsillo. Su intención era esperar a que pasara todo el jaleo y reanudar el chantaje. Sólo que esta vez usted no habría sabido a quién debía matar. Y ahora, tengo que admitir que le debo una disculpa —afirmé, mientras me agachaba para atarme los cordones.

—¿Por qué?

—Hace un momento la acusé de haberme tendido una trampa esta misma tarde. Pues bien, reconozco que cometí un error. Aquella flecha pertenecía al que en tiempos fuera el mejor arquero de mi escuela; debí haber reconocido de inmediato su inconfundible toque. ¿No te parece —pregunté, volviéndome hacia la puerta—, mi querido *Gorrión* O'Grady?

Lo de abrocharme los cordones de los zapatos había sido una simple maniobra de distracción para poder echar mano de algunas tartaletas de mermelada sin que nadie se diera cuenta así que, aprovechando el factor sorpresa, lancé una de ellas contra la única bombilla que había en la alcoba, y la suerte quiso que diera de pleno en el blanco.

Mi estratagema sólo sirvió para retrasar el tiroteo unos pocos segundos, pero unos pocos segundos era todo lo que necesitaba y, mientras la Reina de Corazones y el sargento *Gorrión* O'Grady se acribillaban mutuamente, me escabullí fuera de la alcoba.

En este oficio, lo más importante es proteger al número uno.

Masticando una tartaleta de mermelada, abandoné el palacio y salí a la calle. Me detuve junto a un cubo de basura con la intención de quemar el sobre que contenía las comprometedoras fotos —se las había birlado a O'Grady justo antes de salir de la alcoba—, pero llovía de tal manera que la llama no habría prendido.

Al llegar a mi despacho llamé a la oficina de turismo para presentar una queja. Me dijeron que la lluvia era una bendición para el campo y yo les expliqué por dónde podían metérsela.

Me dijeron que, quien más, quien menos, todos tenemos problemas.

—Y tanto —respondí.

EL PUENTE DEL TROL

DESMANTELARON la mayor parte de las vías a principios de los años sesenta; por aquel entonces yo tenía tres o cuatro años. Redujeron de manera drástica los itinerarios, de modo que Londres era ya el único destino posible, y la pequeña ciudad en la que yo vivía se convirtió en final de trayecto.

Mi primer recuerdo veraz: tenía dieciocho meses, mi madre estaba en el hospital dando a luz a mi hermana y mi abuela me llevó a dar un paseo hasta el puente y me cogió en brazos para que pudiera ver el tren que pasaba en ese momento por debajo, resollando y humeando como un dragón de negro hierro.

Pocos años después, retiraron los trenes de vapor y, con ellos, la red de ferrocarril que comunicaba los pueblos y ciudades de alrededor.

Yo no fui consciente de la extinción de los trenes. Para cuando cumplí los siete ya eran historia.

Vivíamos en una casa antigua situada en las afueras de la ciudad. Frente a ella se extendían una serie de campos en barbecho. A menudo, saltaba la valla y me tumbaba a leer a la sombra de las cañas; o, si tenía ganas de aventuras, cruzaba los campos para ir hasta la mansión abandonada y explorar sus alrededores. En el jardín había un estanque ornamental lleno de algas con un puentecito de madera. En ningún momento me crucé con un empleado de mantenimiento o un jardinero durante mis muchas incursiones en el jardín y los bosques, y jamás intenté colarme dentro de la casa. En primer lugar, porque me arriesgaba a sufrir cualquier percance y, en segundo, porque tenía la firme convicción de que todas las casas viejas y deshabitadas estaban encantadas.

Tampoco es que fuera especialmente supersticioso, simplemente creía en el lado oscuro y misterioso de las cosas. Para mí la noche estaba poblada por fantasmas y brujas que pululaban por todas partes, hambrientos y vestidos de negro.

Pero a la inversa, también funcionaba: de día, el mundo era un lugar seguro. La luz del sol era para mí una garantía de seguridad absoluta.

Un ritual: al finalizar el último trimestre, al volver a casa después del último día de colegio, me quitaba los zapatos y los calcetines y caminaba descalzo sobre los adoquines. Durante las vacaciones de verano, me gustaba andar descalzo por ahí y sólo bajo coacción lograban obligarme a usarlos. Me rebelaba con toda mi alma contra la dictadura del calzado hasta que llegaba septiembre y comenzaban de nuevo las clases.

Tenía siete años cuando descubrí el sendero que atravesaba el bosque. Fue un caluroso y soleado día de verano, en el transcurso de un largo paseo que me llevó muy lejos de mi casa.

Había salido con ganas de explorar nuevos territorios. Dejé atrás la vieja mansión, con sus ventanas tapadas con tablones, ciegas, atravesé los jardines y me adentré en un bosque que había más allá y que no había explorado aún. Descendí por un empinado terraplén y me encontré en un umbrío sendero flanqueado de árboles que me resultaba completamente desconocido; al filtrarse a través de las hojas, la luz adquiría unos bonitos matices verdes y dorados, y tuve la sensación de haber llegado al país de las hadas.

Un arroyuelo fluía en paralelo al sendero y, en el agua, se veían miles de camaroncitos transparentes. Me entretuve un rato atrapándolos con las manos y observando cómo se enroscaban y retorcían sobre las yemas de mis dedos, antes de volver a soltarlos en el agua.

Seguí caminando por el sendero. Descendía por entre los árboles en línea recta y estaba cubierto por una fina capa de hierba. De vez en cuando, me encontraba piedras verdaderamente espectaculares: completamente redondas, con vetas marrones, moradas y negras. Al mirarlas a la luz, podías ver todos los colores del arco iris reflejados en su superficie. Estaba convencido de que debían de ser muy valiosas, así que me las fui guardando en los bolsillos.

Continué caminando un buen rato bajo los reflejos dorados y verdes de la apacible arboleda, sin ver a nadie por allí.

No sentía hambre ni sed, tan sólo una enorme curiosidad por averiguar adónde conducía aquel camino. Como ya he dicho, descendía en línea recta y era completamente llano. El camino era siempre igual, sólo cambiaba el paisaje de alrededor. Al principio, discurría por el fondo de un cañón, entre altos riscos cubiertos de hierba. Más adelante, estaba tan alto, que podía ver las copas de los árboles desde arriba y los tejados de algunas casas lejanas. El sendero se mantenía siempre recto y llano y, caminando por él, atravesé valles y llanuras, y más valles y más llanuras. Por fin, en uno de aquellos valles, encontré el puente.

Era de ladrillo rojo y su inmenso arco atravesaba el sendero de un lado a otro. En el lateral, tenía unos escalones que ascendían hasta un portillo de madera.

Me sorprendió descubrir un indicio de la existencia de civilización humana en aquel sendero, pues había llegado a convencerme de que era una formación natural, como un volcán. Impulsado por la misma curiosidad que me había llevado hasta allí (después de todo, había recorrido cientos de millas, o al menos eso creía yo, y vaya usted a saber adónde habría ido a parar), subí los escalones y crucé el portillo.

Me encontré en mitad de ninguna parte.

La parte superior del puente estaba cubierta de barro. A los lados se veían sendos campos. El de mi lado, era un campo de trigo; en el del otro, no había más que hierba. Impresas en el barro se veían las huellas de unas ruedas de tractor. Di unos pasos para asegurarme de que no era una alucinación: mis pies descalzos no hacían ruido al pisar el suelo.

Recorrí varias millas sin ver ni un alma; sólo campos, trigo y árboles. Arranqué una espiga de trigo, le quité los granos y, después de pelarlos con los dedos, me los comí mientras meditaba sobre todo aquello.

Entonces me di cuenta de que empezaba a tener hambre, y bajé por las escaleras hasta la abandonada vía del tren. Había llegado el momento de volver a casa. No me había perdido; sólo tenía que seguir el sendero hasta llegar de nuevo al bosque.

Bajo el puente, me estaba esperando un trol.

—Soy un trol —me dijo. Y, tras una breve pausa, añadió, como si se le acabara de ocurrir—: Fol rol de ol rol.

Era inmenso: su cabeza rozaba el arco del puente. Era más bien translúcido: podía ver los ladrillos y los árboles a través de él, aunque algo borrosos. Era como si en él se hubieran encarnado todas mis pesadillas. Tenía los dientes muy grandes y fuertes, y unas garras peludas que daban miedo. Su pelo era largo, muy similar al de uno de los monigotes de plástico de mi hermana y sus ojos, saltones. Iba desnudo y su pene colgaba por entre el matojo de pelo que brotaba entre sus piernas.

—Te he oído, Jack —susurró como una ráfaga de viento—. Te he oído caminar por encima de mi puente. Y ahora voy a comerme tu vida.

Yo sólo tenía siete años, pero estábamos en pleno día y no recuerdo haberme asustado. Es bueno para los niños enfrentarse a los elementos de un cuento de hadas: están bien equipados para hacerles frente.

—No me comas —le dije al trol. Aquel día llevaba una camiseta a rayas marrones y unos pantalones de pana marrón. También mi cabello era castaño, y se me había caído un diente. Intentaba aprender a silbar por entre la mella, pero no lo había logrado aún.

—Voy a comerme tu vida, Jack —repitió el trol.

Yo le miré fijamente a los ojos.

—Mi hermana mayor viene a buscarme y está a punto de llegar —le mentí— y ella es mucho más sabrosa que yo. Es mejor que te la comas a ella.

El trol olisqueó el aire y sonrió.

—Has venido completamente solo —dijo—. No hay nadie más en el sendero. Absolutamente nadie.

Luego, se inclinó y pasó sus garras sobre mi cara: sentí como si unas mariposas acariciaran mi cara —como un ciego palpando mis rasgos—. Entonces, se olisqueó las garras y meneó la cabeza.

—Tú no tienes ninguna hermana mayor, sólo una hermana pequeña, y hoy está en casa de una amiga.

—¿Puedes averiguar todo eso sólo por mi olor? —le pregunté, asombrado.

—Un trol puede oler el arco iris, un trol puede oler las estrellas —susurró, con tristeza—. Podemos oler los sueños que soñaste cuando aún no habías nacido. Acércate y me comeré tu vida.

—Llevo piedras preciosas en el bolsillo. Puedes quedártelas, si no me comes. Mira —le dije, y le enseñé las magníficas piedras de lava que había encontrado un rato antes.

—Porquería —dijo el trol—. Simples residuos que dejan los trenes de vapor. No tienen ningún valor para mí.

Abrió la boca de par en par. Tenía unos dientes muy afilados. Su aliento olía a hojas podridas y a inmundicia.

—Comer. Ya.

Se iba haciendo cada vez más sólido ante mis ojos, cada vez más real; y el mundo de alrededor, cada vez más débil, empezó a desvanecerse.

—Espera. —Enterré mis pies en el barro fresco, los clavé moviendo los talones y me agarré firmemente al mundo real. Luego, le miré fijamente a los ojos—. Tú no quieres comerte mi vida. Todavía no. Yo... sólo tengo siete años. Mi vida es todavía demasiado corta. Hay un montón de libros que no he leído aún. Nunca he viajado en avión. Ni siquiera sé silbar... no muy bien. ¿Por qué no dejas que me vaya? Volveré dentro de unos años, cuando sea mayor te llenaré mejor la barriga.

El trol se me quedó mirando con ojos como faros.

Entonces, asintió.

—Te comeré cuando vuelvas, pues —me dijo. Y sonrió ampliamente.

El trol se dio media vuelta y se alejó por el sendero silencioso sobre el que una vez se extendieron las vías del tren.

Yo me quedé esperando unos instantes y luego eché a correr.

Corrí por el sendero bajo la luz teñida de verde, jadeando y sofocado, hasta que sentí una fuerte punzada bajo mis costillas; paré de correr y, apretándome el costado con una mano, seguí caminando como pude hasta llegar a casa.

Según me fui haciendo mayor, los campos fueron desapareciendo. De una en una, de hilera en hilera, las casas y las urbanizaciones se adueñaron del terreno y, con ellas, se crearon calles nuevas con nombres de flores silvestres y de respetables autores. Nuestra casa —un destartalado edificio victoriano— se vendió y acabó siendo derribada para construir casas nuevas en lo que antes fuera nuestro jardín.

Edificaron casas nuevas por todas partes.

Una vez llegué a perderme en la urbanización que habían construido sobre dos prados que de niño me conocía palmo a palmo. Aunque lo cierto es que tampoco lamenté demasiado que desaparecieran aquellos campos. La vieja mansión fue adquirida por una multinacional y también la finca se llenó de casas nuevas.

Pasaron ocho años antes de que yo volviera al camino por el que en tiempos pasaba la vía del tren y, cuando lo hice, no iba solo.

Por aquel entonces tenía ya quince años; en ese tiempo había cambiado dos veces de colegio. Se llamaba Louise y fue mi primer amor.

Me encantaban sus ojos grises y su precioso cabello castaño claro, y sus desgarbados andares (parecía un cervatillo dando sus primeros pasos, sé que suena muy estúpido, así que espero que sepáis disculparme): la vi mascando chicle, yo tenía trece años y me quedé colgado como un ahorcado.

El mayor inconveniente de estar enamorado de Louise es que era mi mejor amiga y, además, los dos salíamos con otras personas.

Nunca le dije que la quería, ni siquiera que me gustaba. Éramos colegas.

Aquella tarde habíamos estado en su casa: estuvimos en su habitación, escuchando el *Rattus Norvegicus*, el primer disco de los Stranglers. Eran los inicios del punk y todo resultaba muy emocionante: las posibilidades, tanto en la música como en todo lo demás, parecían infinitas. Por fin llegó la hora de irme a casa y ella decidió acompañarme. Nos cogimos de la mano, de forma totalmente inocente, como simples amigos, y fuimos caminando hasta mi casa, que estaba a sólo diez minutos de la suya.

La luna brillaba en el cielo, su luz bañaba las calles con un resplandor incoloro, y era una noche cálida.

Llegamos a mi casa. Vimos luz en el interior y nos quedamos en la puerta, hablando del grupo que yo acababa de montar. No llegamos a entrar.

Entonces decidimos que yo la acompañaría a su casa de nuevo. Así que volvimos sobre nuestros pasos una vez más.

Ella me contó que discutía mucho con su hermana pequeña, porque le robaba el maquillaje y el perfume. Louise sospechaba que su hermana había empezado a mantener relaciones sexuales con chicos. Louise era virgen. Ambos lo éramos.

Nos quedamos charlando en la puerta de su casa, observándonos mutuamente a la luz amarillenta de las farolas.

Sonreímos.

Echamos a andar sin rumbo fijo, buscando las calles más tranquilas y los caminos menos frecuentados. En una de las nuevas urbanizaciones, tomamos un camino que nos llevó hasta el bosque.

El camino era recto y estaba oscuro, pero las luces de las casas distantes brillaban como luceros, y la luna nos proporcionaba la luz suficiente como para ver dónde poníamos los pies. En un momento dado, oímos que algo resoplaba justo delante de nosotros y nos asustamos. Nos abrazamos y, al ver que no era más que un tejón, nos echamos a reír y seguimos paseando.

Compartimos confidencias en voz baja sobre lo que soñábamos, deseábamos y pensábamos.

Yo no pensaba en otra cosa que en besarla, acariciar sus pechos y abrazarla con fuerza.

Por fin, vi la ocasión de lanzarme. Llegamos a un viejo puente de ladrillo que cruzaba por encima del sendero y nos detuvimos justo debajo. La atraje hacia mí y ella me ofreció sus labios entreabiertos.

De pronto, su cuerpo se puso rígido y se quedó helado.

—Hola —me saludó el trol.

Solté a Louise. Bajo el puente, todo estaba oscuro, pero la figura del trol llenaba la oscuridad.

—La he congelado —me explicó el trol— para que podamos hablar. Bien: ha llegado el momento de comerme tu vida.

Mi corazón latía desbocado y yo temblaba de pies a cabeza.

—No.

—Dijiste que volverías. Y has cumplido tu promesa. ¿Aprendiste a silbar?

—Sí.

—Qué suerte. Yo nunca he sabido silbar. —El trol olisqueó el aire y asintió complacido—. Me alegra comprobar que has acumulado años de vida y experiencia. Más sustancia. Más alimento para mí.

Agarré a Louise, que seguía rígida como un zombi, y la empujé hacia adelante.

—No me comas. No quiero morir. Cómetela a ella. Estoy seguro de que la encontrarás mucho más sabrosa. Además, es dos meses mayor que yo. ¿Por qué no te la comes a ella?

El trol se quedó callado.

Olió a Louise de la cabeza a los pies, resoplando al pasar por sus pies, su entrepierna, sus pechos y su cabello.

Luego me miró.

—Ella es una inocente —me dijo—, tú no. No la quiero a ella. Te quiero a ti.

Salí de debajo del puente y me quedé mirando las estrellas que brillaban en el firmamento.

—Pero hay tantas cosas que no he tenido ocasión de hacer aún —dije, casi como pensando en voz alta—. Por ejemplo, nunca... en fin, no he probado el sexo. Y no he viajado nunca a América. No... En realidad no he hecho nada todavía.

El trol no dijo nada.

—Podría volver dentro de unos años, cuando sea un poco mayor.

El trol no dijo nada.

—*Volveré*. Te doy mi palabra de que volveré.

—¿Volverás? —preguntó Louise—. ¿A qué te refieres? ¿Adónde vas?

Me di la vuelta. El trol se había esfumado y la chica a quien yo creía amar seguía debajo del puente, entre las sombras.

—Nos vamos a casa —le dije—. Venga.

Regresamos y nunca le conté una palabra a nadie.

Ella salía con el batería del grupo que yo acababa de montar y, años más tarde, se casó con otro tipo. Volvimos a vernos en una ocasión, en un tren, por aquel entonces ya estaba casada. Me preguntó si recordaba aquella noche.

Le dije que sí.

—Estaba loca por ti, Jack —me confesó—. Creí que ibas a besarme. Creí que aquella noche ibas a pedirme salir. Y te habría dicho que sí. Si me lo hubieras pedido.

—Pero no lo hice.

—No. No lo hiciste —dijo. Llevaba el cabello muy corto. No le sentaba bien.

Nunca más volví a verla. Aquella mujer de pelo corto y sonrisa forzada no era la chica a la que yo había amado y hablar con ella me hizo sentir muy incómodo.

Me fui a vivir a Londres y, años después, me mudé de nuevo a la pequeña ciudad de provincias en la que me

crié, pero ya no era como yo la recordaba: no había campos, ni granjas, ni callejuelas adoquinadas; y me marché en cuanto tuve ocasión, me fui a vivir a un pueblecito a diez millas de allí.

Me instalé en aquel pueblecito con mi familia —para entonces ya estaba casado y tenía un niño pequeño—, en una casa que, tiempo atrás, había sido una estación de ferrocarril. Habían quitado las vías, y un matrimonio ya mayor que vivía justo enfrente de nosotros cultivaba hortalizas en la parcela por la que antes pasaban.

Me hacía mayor. Un día descubrí que me había salido una cana; otro, escuché mi propia voz en una grabación y me di cuenta de que sonaba como la de mi padre.

Trabajaba entonces como ejecutivo de una de las mayores discográficas del país. Cogía el tren casi a diario para ir y volver de Londres.

Tenía un apartamento en la ciudad; es difícil coger el tren de vuelta cuando el grupo que llevas no toca hasta las doce de la noche. Además, de ese modo me resultaba más fácil echar un polvo de vez en cuando si así lo deseaba, y lo deseaba.

Creía que Eleanora —así se llamaba mi mujer; supongo que debería haberlo mencionado antes— no sabía de la existencia de esas otras mujeres; pero un día de invierno, al volver a casa después de una escapada de dos semanas a Nueva York, me la encontré desierta y fría.

Me había dejado una carta, no una nota. Quince páginas cuidadosamente mecanografiadas, en las que todas y cada una de las palabras allí escritas eran ciertas. Incluso la posdata: «En realidad, tú no me amas. Y no me has amado nunca».

Me puse un abrigo bien gordo y salí a dar una vuelta; estaba desconcertado y algo aturdido.

No había nieve en el suelo, pero estábamos a bajo cero y las hojas crujían bajo mis pies al caminar. Los árboles parecían negros esqueletos recortados contra el crudo gris del cielo invernal.

Eché a andar por el arcén de la carretera. Los coches pasaban junto a mí, unos desde y otros hacia Londres. Tropecé con una rama emboscada bajo un montón de hojas y me arañé la pierna.

Llegué al pueblo de al lado. Vi un río que corría perpendicular a la carretera y, junto a él, un sendero que nunca antes había visto. Eché a andar por el sendero y contemplé el río parcialmente helado. Escuché el gorgoteo del agua, que saltaba alegremente por entre las piedras.

Paseando llegué hasta un punto en el que el sendero se desviaba y se adentraba en el campo; a partir de ahí seguía recto y estaba cubierto por una fina capa de hierba.

Encontré una piedra, semienterrada, a la orilla del sendero. La recogí del suelo y le limpié el barro. Era una pella morada de materiales diversos, con una extraña pátina multicolor. Me la guardé en el bolsillo del abrigo y la fui manoseando mientras continuaba con mi paseo, pues la suavidad de su tacto me reconfortaba.

El río serpenteaba a través de los campos y yo seguí caminando en silencio.

Llevaba caminando una hora cuando vi las primeras casas —nuevas, pequeñas y cuadradas— en lo alto del terraplén.

Y entonces vi el puente, y supe de inmediato dónde estaba: en el sendero por el que antiguamente pasaban las vías del tren, sólo que esta vez había llegado caminando desde el extremo opuesto.

En uno de los lados del puente había varias pintadas: BARRY QUIERE A SUSAN y las omnipresentes siglas NF, del National Front.[10]

Me detuve bajo el puente, rodeado de envoltorios de helados y bolsas de patatas fritas, y me quedé mirando mi aliento convertido en vaho al contacto con el gélido aire de la tarde.

La sangre que manaba del arañazo había dejado una mancha de sangre seca en mis pantalones.

Los coches pasaban por el puente; uno de ellos llevaba la radio a todo volumen.

—¿Hola? —dije, en voz baja. Me sentía como un imbécil—. ¿Hola?

No hubo respuesta. El viento hacía crujir las hojas y las bolsas de patatas.

—He vuelto. Tal como te prometí. ¿Hola?

10. National Front: grupo político de extrema derecha.

Silencio.

Entonces me eché a llorar, como un idiota, y seguí sollozando un rato, sin moverme de debajo del puente.

Una mano me acarició la cara y levanté la vista.

—La verdad es que no esperaba que volvieras —dijo el trol.

Ahora éramos igual de altos pero, por lo demás, seguía igual que siempre. Había hojas enredadas en sus revueltos y largos cabellos, y una mirada de soledad en sus grandes ojos saltones.

Me encogí de hombros y me limpié la cara con la manga del abrigo.

—Pues he vuelto.

Tres niños pasaron corriendo y gritando por encima del puente.

—Soy un trol —susurró, con voz temerosa—. Fol rol de ol rol.

Estaba temblando.

Estiré el brazo y le cogí la mano. Le sonreí.

—Está bien —le tranquilicé—. En serio, todo está bien, de verdad

El trol asintió.

Me tiró al suelo, sobre las hojas y los papeles, y se echó encima de mí. Luego, alzó la cabeza, abrió la boca y devoró mi vida con sus fuertes y afilados dientes.

Al terminar, el trol se puso en pie y se sacudió el polvo de encima. Introdujo la mano en el bolsillo del abrigo y sacó un redondo trozo de escoria de color morado.

Me lo ofreció.

—Esto es tuyo —me dijo.

Yo le miré: llevaba mi vida cómodamente, con facilidad, como si siempre hubiera sido suya. Cogí la piedra y la olí. Podía oler el tren del que había caído, mucho tiempo atrás. La apreté con fuerza en mi velluda mano.

—Gracias —le dije.

—Buena suerte —me deseó el trol.

—Sí. Bueno. Lo mismo te digo.

El trol sonrió feliz, con mi cara.

Se dio media vuelta y echó a andar por el mismo camino por el que había venido yo, en dirección al pueblo, para regresar a la casa vacía que yo había abandonado esa misma mañana; y se puso a silbar.

Aquí sigo, desde entonces. Escondido. Esperando. Formando parte del puente.

Observo desde las sombras a todo el que pasa: gente paseando al perro, hablando o haciendo lo que suele hacer la gente. De vez en cuando, alguno se detiene bajo mi puente a esperar, o a echar una meada, o a hacer el amor. Y yo les observo, pero no digo nada; ellos nunca me ven a mí.

Fol rol de ol rol.

Simplemente quiero permanecer aquí escondido, entre las sombras de debajo del puente. Os oigo perfectamente a todos, pasando por mi puente arriba y abajo, arriba y abajo.

Oh, sí, os oigo muy bien.

Pero no pienso salir.

NO LE PREGUNTES A JACK

NADIE sabía de dónde había salido aquel juguete, ni quién sería el bisabuelo o la tía lejana que había jugado con él por primera vez, antes de pasar a formar parte del paisaje del cuarto de juegos.

Era una caja de madera, tallada con adornos dorados y rojos. Sin duda, era muy bonita, o eso decían los mayores, y bastante valiosa —incluso podría considerarse una pieza de anticuario—. Por desgracia, la cerradura estaba oxidada y atascada, y la llave se había perdido hacía tiempo, de modo que Jack, el bufón,[11] había quedado atrapado dentro. Aun así, la caja sorpresa llamaba la atención, con sus vistosos adornos tallados en rojo y oro.

Los niños no solían jugar con ella. Estaba guardada en el fondo del inmenso baúl de madera donde se guardaban los juguetes, que era tan grande y antiguo como

11. La caja que describe el autor es una de esas antiguas cajas sorpresa en cuyo interior hay un bufón sujeto a un muelle que salta al levantar la tapa. En inglés, este juguete recibe el nombre de «*Jack-in-the-Box*».

un cofre pirata —o al menos, eso pensaban los niños—. La caja sorpresa estaba enterrada bajo un montón de muñecas, trenes, payasos, estrellas de papel, viejos juegos de magia y mutiladas marionetas cuyos hilos eran ya imposibles de desenredar, disfraces (un harapiento vestido de novia del tiempo de Maricastaña por aquí, un raído sombrero de copa por allá), bisutería de juguete, aros rotos, peonzas y caballitos de cartón. Debajo de todos aquellos viejos juguetes estaba la caja de Jack.

Los niños no solían jugar con ella. Murmuraban entre ellos, a solas, en el cuarto de juegos situado en el ático. En los días grises, cuando el viento aullaba en torno a la casa y la lluvia repiqueteaba sobre el tejado de pizarra y se deslizaba por los aleros, se contaban unos a otros historias sobre Jack, aunque en realidad no lo habían visto nunca. Uno afirmaba que Jack era un malvado brujo y que había sido encerrado en aquella caja como castigo por sus espantosos crímenes; otro (con toda seguridad, una de las niñas) aseguraba que la caja en la que estaba encerrado Jack era la Caja de Pandora y que la habían colocado allí para vigilar, para evitar que todos los males que contenía volvieran a salir de ella. Preferían no tocar siquiera la caja, si podían evitarlo, aunque si algún adulto reparaba en la ausencia de la vieja caja sorpresa —y de vez en cuando sucedía—, y la sacaba del baúl para colocarla en la repisa de la chimenea, los niños se armaban de valor, la cogían y volvían a depositarla en el fondo del baúl.

Los niños no solían jugar con la caja sorpresa. Y cuando se hicieron mayores y abandonaron la vieja casa, el cuarto de juegos quedó cerrado y prácticamente olvidado.

Prácticamente, pero no del todo. Pues todos los niños, cada uno por separado, recordaban haber subido al cuarto de juegos alguna noche, a la luz de la luna, con los pies descalzos. Era casi como andar sonámbulo, subiendo sigilosamente por las escaleras y avanzando por la raída alfombra del cuarto de juegos. Recordaban cómo habían abierto el baúl, rebuscado por entre las muñecas y los disfraces para, finalmente, sacar la caja sorpresa.

Entonces, el niño tocaba la cerradura, la tapa se abría lentamente y la música empezaba a sonar, y Jack salía de su caja. No saltaba y se balanceaba, como suele pasar con los muñecos de las cajas sorpresa. Salía de la caja despacio y se quedaba mirando fijamente al niño, haciéndole señas para que se acercara un poco más y, entonces, sonreía.

Y allí, a la luz de la luna, le contaba al niño cosas que después era incapaz de recordar con claridad, pero que tampoco conseguía olvidar del todo.

El mayor de los niños murió en la Primera Guerra Mundial. El más joven, heredó la casa cuando fallecieron sus padres, aunque le desposeyeron de ella tras sorprenderle en el sótano con un bidón de queroseno, trapos y cerillas, dispuesto a prenderle fuego. Se lo llevaron al manicomio y es posible que aún siga allí encerrado.

Las niñas, convertidas ya en mujeres, no quisieron regresar a la casa en la que se habían criado; clavaron tablas de madera en las ventanas, cerraron todas las puertas con unas inmensas llaves de hierro. Las hermanas acabaron visitándola con la misma frecuencia con la que visitaban la tumba de su hermano mayor, o al pobre desgraciado que una vez fuera su hermano pequeño, es decir, nunca.

Han pasado ya muchos años y aquellas niñas son ya mujeres ancianas; búhos y murciélagos se han adueñado del antiguo cuarto de juegos, las ratas han anidado entre los viejos juguetes que quedaron allí olvidados. Las alimañas miran sin ver los desvaídos dibujos del empapelado, y ensucian la harapienta alfombra con sus excrementos.

Y en la caja que descansa en el fondo del baúl, Jack, con todos sus secretos, espera y sonríe. Espera a los niños. Y les esperará todo el tiempo que sea necesario.

CÓMO VENDER EL PUENTE DE PONTI

Mi club clandestino favorito es el más antiguo y, no obstante, el más exclusivo, de los Siete Mundos. Se creó en torno a un grupo de bandidos, malhechores, truhanes y soplones hace casi setenta mil años. La idea ha sido copiada en diversas épocas y lugares (de manera reciente o, en todo caso, no hace más de quinientos años, abrieron uno en la City de Londres), pero ninguna de esas imitaciones se puede comparar con el primer y genuino Club de los Granujas de la Perdida Carnadine. Es, con diferencia, el más estricto a la hora de escoger a sus socios.

No es fácil ser admitido en el Club de los Granujas de la Perdida Carnadine. Para que os hagáis una idea de la clase de personas que allí se reúnen os diré que en sus salones me he cruzado con personajes de la talla de Daraxarius Lo (que les vendió un murciélago-rana a los Kzem durante una de sus festividades religiosas), Prottle (que vendió el Palacio del Rey de Vandaria al propio rey de Vandaria), o el hombre que se hace llamar Lord Niff (que, según he oído comentar por lo bajo, fue el verdadero inventor de la celada del zorro, la argucia que hizo saltar la banca del Casino Grande).[12] Además, conozco a Granujas de universal renombre que no sólo han sido rechazados, sino que ni siquiera lograron ser recibidos por el secretario para presentar su solicitud —recuerdo que en cierta ocasión me crucé en la escalera del club con un célebre financiero, iba acompañado por el mismísimo capo de la mafia de Hy-Brasail y un preeminente primer ministro; la sombría expresión de sus rostros indicaba sin lugar a dudas que el secretario les había despachado sin mayores contemplaciones—. Ciertamente, sólo los más ilustres superan el riguroso proceso de selección. Seguramente, los conocéis a todos. No por su verdadero nombre, desde luego, pero sí por la inconfundible genialidad que destilan sus hazañas.

Yo, personalmente, fui admitido gracias a un brillante y original estudio científico que llevé a cabo hace unos años, algo que revolucionó el pensamiento de toda una generación. Fueron mis heterodoxos e innovadores métodos los que me valieron el ingreso en tan selecto club, y siempre que me encuentro en esa parte del cosmos procuro reservar una noche para visitarlo y disfrutar de un rato de estimulante conversación con mis colegas, mientras saboreo alguno de los vinos que atesora su extraordinaria bodega y, en suma, para deleitarme en la mera compañía de personas de mi misma calaña.

Una noche —debía de ser tarde, pues prácticamente se habían consumido ya los leños que ardían en la chimenea—, nos reunimos unos cuantos en un rincón del salón principal para compartir uno de esos espléndidos vinos negros de Spidireen.

12. Casino Grande: en español en el original.

—Naturalmente —estaba diciendo uno de mis colegas—, hay ciertas estafas a las que un granuja de prestigio jamás se rebajaría; por anticuadas, por faltas de clase y por manidas. Por ejemplo, venderle a un turista el puente de Ponti.

—Lo mismo ocurre en mi planeta con la columna de Nelson, la Torre Eiffel o el puente de Brooklyn —apostillé—. Timos de poca monta, carentes de toda finura o elegancia. Pero, por fortuna, ningún estafador capaz de rebajarse a vender el puente de Ponti sería admitido jamás como socio de nuestro club.

—¿Ah, no? —dijo una voz desde un rincón—. Qué extraño. Creo recordar que ésa fue precisamente la estafa que me abrió las puertas de este club.

Un caballero alto, completamente calvo y vestido con suma elegancia se puso en pie y se unió a nuestro corrillo. Estaba bebiendo ponche de frutas de importación y sonrió complacido al ver el efecto que nos habían causado sus palabras.

—Creo que no hemos sido presentados —dijo.

Mis amigos se presentaron: primero la dama de cabello gris y manos de seda, Gloathis; a continuación el caballero bajito y taciturno, Redcap; y, por último, un servidor.

El caballero sonrió aún más complacido.

—Su fama les precede. Es un verdadero honor conocerles. Pueden llamarme Stoat.

—¿Stoat? —inquirió Gloathis—. Sólo conozco un Stoat, el de aquella célebre estafa en Derana, pero eso fue… hace más de un siglo. ¿Pero en qué estaré pensando? Adoptó usted ese nombre en homenaje al gran maestro, imagino.

—Es usted una dama muy perspicaz. Obviamente es imposible que seamos la misma persona —replicó Stoat, inclinándose hacia delante en su cojín—. ¿Hablaban ustedes de vender el puente de Ponti?

—Precisamente.

—Y todos coincidían en que vender el puente de Ponti era un timo barato, indigno de un miembro de este club, si no me equivoco. Bien, es posible que tengan razón. Analicemos, pues, cuáles son los ingredientes necesarios de toda gran estafa —y dicho esto, empezó a contar con los dedos—. Primero, que sea verosímil. Segundo, que sea lo más sencilla posible (a mayor complejidad, mayor es el riesgo de cometer un error). Tercero, que se plantee de tal manera que el primo no pueda recurrir a la justicia. Cuarto, que la víctima actúe movida por su propia codicia y vanidad. Y, por último, que sea necesario ganarse la confianza del primo.

—Completamente de acuerdo —dijo Gloathis.

—¿Y creen ustedes que la venta del puente de Ponti (o de cualquier otro monumento público) no puede reunir todas estas características? Señora. Caballeros. Permítanme que les cuente mi historia.

»Había llegado a Ponti unos años antes, prácticamente con lo puesto. De hecho, treinta coronas de oro era todo el capital de que disponía en aquel momento, y necesitaba reunir un millón. ¿Por qué? Ésa ya es otra historia. El caso es que hice un rápido balance de mi situación para saber con qué activos contaba exactamente (las treinta coronas que acabo de mencionar y un vestuario limitado pero muy elegante). Además, conocía bien el habla de los aristócratas de Ponti y, aunque esté mal que yo lo diga, siempre me he tenido por un hombre de recursos. Pese a todo ello, en aquel momento no sabía cómo ingeniármelas para conseguir tal cantidad de dinero en el plazo de que disponía. Mi mente, por lo general pletórica de brillantes ideas, se había quedado en blanco.

De modo que, confiando en que tarde o temprano las musas acabarían por volver a mí, me apunté a una visita guiada de la ciudad…

Ponti se extiende hacia el sur y el este, es una ciudad portuaria situada al pie de las Montañas de la Aurora, a ambos lados de la Bahía de la Aurora, un bellísimo puerto natural. Ambas orillas están conectadas por un puente, que fue construido a base de piedras preciosas, mortero y magia hace casi dos mil años. La gente se burlaba del proyecto al principio, pues nadie creía que se pudiera llegar a construir una estructura de casi media milla de longitud y, aun suponiendo que lograran construirla, todo el mundo dudaba de que pudiera mantenerse en pie mucho tiempo; pero su construcción se culminó con éxito y, entonces, los habitantes de la ciudad dejaron de burlarse para empezar a proferir exclamaciones de admiración y de orgullo. Y no es para menos: las joyas del puente brillan como luceros y proyectan sobre la ciudad reflejos de mil colores con el sol de mediodía.

El guía se detuvo al llegar al pie del puente.

—Como podrán ver, damas y caballeros, si lo examinan de cerca, el puente está compuesto en su totalidad de piedras preciosas; rubíes, diamantes, zafiros, esmeraldas, criolantes, carbúnculos, etc. Fueron amalgamadas por medio de un mortero invisible de naturaleza mágica creado por los sabios gemelos Hrolgar y Hrylthfgur, que poseían amplios conocimientos de magia antigua. Las joyas son todas auténticas, no les quepa la menor duda, y fueron cuidadosamente recolectadas a lo largo y ancho del universo por Emmidius, a la sazón rey de Ponti.

Un niño se volvió hacia su madre y le dijo, en voz muy alta:

—Lo hemos estudiado en el cole. Le llamaban Emmidius *El Postrero*, porque no hubo más reyes después de él. Y el profesor nos contó...

El guía le interrumpió con delicadeza.

—El jovencito está en lo cierto. El rey Emmidius esquilmó las arcas de la ciudad-estado para costear estas joyas, situación que dio pie al cambio de régimen y a la instauración de nuestro actual Consejo Regente.

La madre del niño le propinó a su hijo un tirón de orejas, lo que animó considerablemente a nuestro guía.

—Estoy seguro de que todos ustedes habrán oído hablar de esos timadores que intentan estafar a los turistas haciéndose pasar por representantes del Consejo Regente para convencerles de que, como propietarios del puente, tienen plenas potestades para venderlo. A continuación, embaucan al turista en cuestión para que les entregue un sustancioso adelanto a cuenta y, en cuanto el incauto se da media vuelta, se esfuman. Bien, pues para que nadie se llame a engaño —dijo, repitiendo por enésima vez el mismo chiste—, el puente no está en venta.

Era un buen chascarrillo. Siempre arrancaba una carcajada a los turistas.

El grupo reanudó la marcha para cruzar el puente. Únicamente el niño reparó en que uno de los turistas se había quedado rezagado —un hombre alto y calvo como una bola de billar—. Se quedó al pie del puente, contemplándolo fijamente. El niño quiso hacérselo notar al resto del grupo, pero le dolía la oreja, así que no dijo nada.

Inesperadamente, el turista rezagado sonrió.

—Conque no está en venta, ¿eh? —dijo, en voz alta. Y, a continuación, volvió sobre sus pasos.

Jugaban a un juego parecido al tenis con unas grandes raquetas de intrincado cordaje y unas calaveras con piedras preciosas engastadas en el hueso. Era *tan agradable* el sonido que producían al golpearlas con la raqueta, la curva que describían sobre la cancha de mármol. Aquellas calaveras no habían reposado jamás sobre un cuello humano; pertenecían a una raza de demonios de las tierras altas, cazados a costa de muchas vidas y exorbitantes cantidades de dinero, que habían sido adornados después con metales y piedras preciosas (envueltos en una exquisita filigrana de plata y con esmeraldas y rubíes engastados en las órbitas oculares y a lo largo del hueso de la mandíbula) en los talleres del propio Carthus.

Le tocaba servir a Carthus.

Tomó otra calavera del montón y la levantó hacia la luz, maravillándose ante el delicado trabajo del orfebre, contemplando el efecto que producía la luz al incidir en las joyas desde cierto ángulo, como si estuvieran dotadas de luz propia. Habría sido capaz de decir cuál era el valor exacto y el origen más probable de cada piedra —quizás, incluso, de qué mina procedía—. Los cráneos en sí también eran hermosos: de un blanco sutil, irisado y translúcido, muy similar al de la madreperla. Había pagado por cada uno de ellos un precio muy superior al de las joyas que lo adornaban. La caza sistemática de aquellos demonios había dejado la raza al borde de la extinción, por lo que esos cráneos eran ahora piezas únicas, prácticamente irreemplazables.

Golpeó el cráneo, que salió volando por encima de la red. Aathia se lo devolvió con un certero golpe que le obligó a subir a la red (sus pisadas resonaban sobre el mármol de la cancha) y —*zas*— le devolvió el golpe.

A ella le faltó poco para llegar a tiempo. Poco, pero no llegó: el cráneo eludió su raqueta y dio un botecito de apenas una pulgada de altura antes de detenerse, como si estuviera inmerso en un líquido o atrapado en un campo magnético.

Era algo mágico, desde luego, y a Carthus le había costado una fortuna. Pero podía permitírselo.

—Punto para mí, señora —cantó, y se inclinó a modo de saludo.

Aathia —su compañera en todos los ámbitos salvo en el del amor— no dijo nada. Sus ojos brillaban como cristales de hielo, o como joyas, que era lo único que ella amaba. Carthus y Aathia, comerciantes de joyas. Hacían una pareja de lo más extraña.

Carthus oyó un discreto carraspeo a su espalda. Se giró y vio a un esclavo con una túnica blanca que le traía un pergamino enrollado.

—¿Sí? —le dijo Carthus, y se limpió el sudor del rostro con el dorso de la mano.

—Un mensaje, señor. El hombre que lo entregó dijo que era urgente.

Carthus masculló:

—¿Quién lo envía?

—No lo he abierto. Me dijeron que se trataba de algo confidencial, que no debía leerlo nadie más que usted o Lady Aathia.

Carthus se quedó mirando el rollo de pergamino, pero no hizo ademán de cogerlo. El joyero era un hombre alto y grueso, de cabello rubio rojizo, con entradas y, en aquel preciso instante, la expresión de su rostro reflejaba cierta preocupación. Sus competidores en el comercio de joyas —y tenía muchos, ya que Ponti se ha convertido, con el paso de los años, en el centro del comercio mundial de joyas— sabían por propia experiencia que aquel semblante no permitía siquiera intuir sus sentimientos más íntimos. A muchos de ellos, descubrirlo les había costado una buena cantidad de dinero.

—Coge el mensaje, Carthus —le dijo Aathia, y al ver que no se movía, cruzó la pista para tomar el rollo de manos del esclavo—. Retírate.

Los pies descalzos del esclavo se deslizaron sigilosamente por el suelo de mármol.

Aathia rasgó el sello con su cortaplumas y desenrolló el pergamino. Hizo una primera lectura rápida y, a continuación, volvió a leerlo con más detenimiento. Silbó.

—Toma —dijo, tendiéndole el pergamino.

Carthus lo leyó.

—La verdad, no sé qué pensar —comentó, con su aguda y petulante voz. Con aire distraído, se frotó la pequeña cicatriz de su mejilla derecha con la raqueta. El sudor hizo que el colgante que llevaba al cuello, y que lo identificaba como miembro de la Junta Directiva del Gremio de Joyeros de Ponti, se quedara momentáneamente pegado a su piel—. ¿Qué opinas tú, mi flor?

—Yo no soy tu flor.

—Le ruego me disculpe, señora.

—Mucho mejor. Puede que aún logremos hacer de ti un ciudadano de pro. Pues, de entrada, es obvio que se trata de un nombre falso. «Glew Croll.» ¡Por favor! En Ponti, ese nombre abunda más que los diamantes en uno de tus almacenes. La dirección corresponde a una vivienda de esas que alquilan habitaciones en la zona de los Acantilados. No había sello ninguno en el lacre, lo cual indica una clara intención de mantenerse en el anonimato.

—Sí. Todo eso está claro. Pero ¿qué opinas de esa «oportunidad única» a la que hace alusión? Y si es cierto que, tal como parece insinuar, el asunto está relacionado con el Consejo Regente, ¿a qué tanto secretismo?

Aathia se encogió de hombros.

—El Consejo Regente no ha sido nunca precisamente

reacio al secretismo. Y, leyendo entre líneas, parece sugerir que se trata de un negocio muy lucrativo.

Carthus guardó silencio. Dejó su raqueta apoyada en el montón donde estaban apilados los cráneos y, al lado, dejó el pergamino. Cogió un cráneo de gran tamaño. Lo acarició suavemente con sus cortos y regordetes dedos.

—Lo cierto —comenzó, como si le hablara al cráneo— es que ésta podría ser mi ocasión de ganarles por la mano a esa caterva de hemofílicos de la Junta Directiva. Cretinos de rancio abolengo.

—Habló el hijo de un esclavo —replicó Aathia—. Te recuerdo que sin mi nombre, jamás te habrían admitido en la Junta Directiva.

—Cierra el pico —exclamó. Su semblante reflejaba una cierta preocupación, lo cual no significaba absolutamente nada—. Todavía no saben quién soy yo. Pero se lo voy a demostrar enseguida. Ya lo verás.

Sopesó la calavera en su mano, como si quisiera calcular el valor del hueso, las piedras preciosas y la intrincada filigrana de plata. De pronto, haciendo gala de una agilidad sorprendente en un hombre tan corpulento, se dio media vuelta y lanzó la calavera con todas sus fuerzas contra una de las columnas que había al otro lado de la cancha. Parecía que iba a seguir volando indefinidamente pero al final, con desesperante lentitud, se estrelló contra la columna y estalló en mil pedazos, produciendo un melodioso y armónico tintineo.

—Y ahora voy a cambiarme para reunirme con ese tal Glew Croll —masculló Carthus y, con el pergamino en la mano, abandonó la estancia.

Aathia se quedó mirándole mientras se alejaba y, a continuación, dio unas palmadas para llamar a un esclavo y que recogiera el estropicio.

El enjambre de cuevas que poblaban los acantilados de la orilla norte de la Bahía de la Aurora, justo por debajo del puente, se conocían con el nombre de los Acantilados. Carthus se despojó de sus ropas nada más llegar a la puerta, se las entregó a su esclavo y comenzó a descender por los estrechos escalones de roca. Su cuerpo se estremeció al contacto con el agua (siempre a una temperatura levemente inferior a la de la sangre, que es la costumbre establecida entre la aristocracia, pero que resultaba excesivamente fría en contraste con el calor sofocante que hacía aquel día), y nadó por el pasadizo hasta llegar a una antesala. La luz del sol reverberaba sobre el puente y proyectaba reflejos de infinitos colores sobre las paredes de la gruta. En el agua, había otros cuatro hombres y dos mujeres. Estaban tendidos sobre unas inmensas plataformas de madera, elegantemente labradas en forma de aves acuáticas y peces.

Carthus se dirigió hacia una plataforma que estaba vacía —un delfín—, y se subió a ella con toda su humanidad. Al igual que los otros seis, no llevaba encima nada más que el colgante que lo identificaba como miembro de la Junta Directiva. Todos los miembros de la Junta, excepto uno, estaban allí.

—¿Dónde está el presidente? —preguntó, sin dirigirse a nadie en particular.

Una mujer esquelética, de tez impecablemente blanca, señaló hacia el interior de la gruta. A continuación bostezó y, con un gracioso giro, se dejó caer al agua; su plataforma tenía la forma de un cisne gigante. Carthus sintió una punzada de envidia y un intenso odio hacia la mujer: aquella elegante maniobra era una de las llamadas doce nobles zambullidas. Y le constaba que, pese a haberla practicado durante años, él nunca sería capaz de ejecutarla con semejante naturalidad.

—Arpía estirada —murmuró para sus adentros. No obstante, le tranquilizó encontrarse en compañía de otros miembros de la Junta Directiva. Se preguntó si alguno de ellos sabría algo que él no supiera.

Oyó que alguien se zambullía a su espalda. Al volverse, vio a Wommet, el presidente de la Junta, que se había agarrado a su plataforma. Se saludaron con una inclinación de la cabeza y, acto seguido, Wommet (un tipo bajito y jorobado, descendiente directo del hombre que había amasado una inmensa fortuna vendiéndole a Emmidius las joyas que habían causado la ruina de Ponti que, a su vez, desembocó en la instauración del Consejo Regente que gobernaba la ciudad-estado desde hacía ya dos mil años) le dijo:

—Es su turno, milord Carthus. Al fondo del pasadizo a la izquierda. No tiene pérdida, lo encontrará en la primera gruta.

Los demás miembros de la Junta miraron inexpresivamente a Carthus. Al fin y al cabo, eran la flor y nata de la aristocracia de Ponti y exteriorizar la envidia y la irritación que les producía el hecho de que Carthus fuera recibido antes que ellos habría sido una vulgaridad imperdonable. Aunque no fueron capaces de disimularlo tan bien como ellos creían; en lo más íntimo de su ser, Carthus sonrió.

Reprimió el impulso de preguntarle al jorobado en qué consistía exactamente el negocio y se dejó caer al agua. El salitre del mar hizo que los ojos le escocieran un poco.

Tuvo que subir un montón de escalones para llegar hasta la gruta en la que le esperaba Grew Croll. El ambiente allí estaba seco, oscuro y cargado de humo. Sobre una mesa situada en el centro de la estancia, había una lámpara de oscilante llama. Vio un albornoz encima de una silla y se lo puso. Entre las sombras, detrás de la lámpara, había un hombre, pero pese a la densa oscuridad Carthus percibió que era muy alto y que estaba calvo como una bola de billar.

—Buenos días tenga usted, caballero —le saludó, con acento distinguido.

—Lo mismo le deseo a usted y a los de su noble sangre —respondió Carthus, con igual formalidad.

—Siéntese, siéntese. Como sin duda habrá inferido usted del mensaje que le envié, el negocio que nos ocupa atañe directamente al Consejo Regente. Así pues, antes de pronunciar palabra alguna, debo pedirle que tenga usted la bondad de leer atentamente este contrato de confidencialidad y estampar su firma al pie. Tómese todo el tiempo que necesite —le dijo, tendiéndole el documento por encima de la mesa.

Se trataba de un juramento prolijo y exhaustivo, en virtud del cual, Carthus se comprometía a mantener en secreto todos y cada uno de los asuntos discutidos a lo largo de la reunión, so pena de ser sancionado con la «suprema reprobación» del Consejo Regente (eufemismo que en realidad significaba, simple y llanamente, pena de muerte). Carthus lo leyó dos veces.

—No... no se tratará de nada ilegal, ¿verdad?

—¡Cómo se atreve! —replicó ofendido el distinguido caballero.

Carthus se encogió de hombros y firmó el contrato. El caballero le arrebató el documento de las manos y lo guardó en un baúl que había al fondo de la gruta.

—Todo en orden. Ahora ya podemos dar comienzo a la reunión. ¿Puedo ofrecerle algo de beber, para inhalar, tabaco? ¿No? Perfecto.

Una pausa.

—Como probablemente se habrá figurado ya, Glew

Croll no es mi verdadero nombre. Soy subsecretario adjunto al Consejo Regente. —Carthus emitió un gruñido de satisfacción al ver confirmadas sus sospechas y se rascó una oreja—. Milord Carthus, ¿qué sabe usted exactamente del puente de Ponti?

—Pues lo que sabe todo el mundo. Monumento nacional. Atracción turística. Impresionante, si uno aprecia ese tipo de cosas. Construido enteramente a base de piedras preciosas y por arte de magia. No todas las piedras que lo componen tienen la misma calidad, aunque el diamante rosado del ápice es tan grande como el puño de un bebé y, según dicen, sin impureza alguna...

—Muy bien, muy bien. ¿Le suena a usted de algo el término «vida media mágica»?

Carthus no lo había oído en su vida. Al menos, no que él recordara.

—Lo he oído mencionar en alguna ocasión —mintió— pero, obviamente, no soy mago y...

—La vida media mágica, milord, es el término que utilizan los nigromantes para referirse al tiempo que perdura la magia de un hechicero, bruja, mago o lo que sea, tras su muerte. Por un lado, están los hechizos llevados a cabo por una bruja o hechicero común mediante un simple conjuro, que prescriben en el instante mismo de su muerte. Por otro, tenemos fenómenos como El Mar de Serpientes Marinas, en el que las serpientes marinas creadas por obra y magia de Cilimwai Lah siguieron vivas durante cerca de nueve mil años tras la ejecución de su creador.

—Cierto. Las Serpientes Marinas. Sí, conozco la historia.

—Bien. En tal caso, comprenderá usted perfectamente la trascendencia del negocio que voy a proponerle cuando le diga que la vida media mágica del puente de

Ponti, según los estudios llevados a cabo por nuestros más ilustres filósofos naturales, se estima en poco más de dos mil años. De modo que pronto, quizás incluso antes de lo que esperamos, milord, comenzará a desmoronarse y, por fin, se derrumbará.

El orondo joyero exclamó:

—Pero eso es terrible. Si la noticia trasciende... —se interrumpió antes de terminar la frase para sopesar las virtuales consecuencias.

—En efecto. Cundiría el pánico. Surgirían tensiones. Los ánimos se agitarían. No podemos permitir que la noticia se filtre a la opinión pública en tanto no estemos preparados para hacerle frente, de ahí nuestra insistencia en asegurarnos la más absoluta confidencialidad.

—Si es usted tan amable, creo que ahora sí le aceptaré esa copa —le dijo Carthus.

—Sabia decisión. —El distinguido caballero cogió un decantador lleno de clarete azulado y le sirvió una copa. Se la pasó deslizándola sobre la mesa y continuó—. Cualquier joyero que obtuviera el permiso de la Comisión para demoler el puente de Ponti y quedarse con todos los materiales (y como usted sabe sólo hay siete en Ponti, y quizás otros dos en todo el mundo, que puedan hacer frente a una operación comercial de tales proporciones), amortizaría casi de inmediato, y con creces, su inversión sólo con la publicidad que ello le supondría, así que no creo que merezca la pena entrar en detalles acerca del valor total de las joyas. La tarea que me ha encomendado el Consejo consiste precisamente en reunirme con los principales y más prestigiosos joyeros de la ciudad para presentarles nuestra propuesta.

»No obstante, hay ciertos aspectos de esta cuestión que preocupan de manera especial al Consejo. Como sin duda habrá comprendido usted ya, si ponemos en circulación todas esas joyas de una sola vez en Ponti, no tardarían en devaluarse por completo. Para evitar que esto suceda, el joyero que finalmente adquiera la propiedad del puente, ha de aceptar dos condiciones: la primera, asumir la construcción de una estructura justo debajo del puente que permita la recuperación de los materiales cuando éste comience a desmoronarse; la segunda, no podrá vender en Ponti más que el cincuenta por ciento de las joyas. Usted, en su calidad de socio principal de Carthus y Aathia, es uno de los joyeros a los que el Consejo ha decidido plantear su propuesta.

El joyero asintió. Casi le parecía demasiado bueno para ser verdad —si conseguía ser el elegido.

—¿Hay algo más que yo deba saber? —preguntó. Su voz tenía un tono neutro, como si el asunto no le interesara demasiado.

—Yo no soy más que un simple funcionario al servicio de la ciudad —dijo el caballero—. Pero el Consejo querría obtener beneficios de esta operación. Cada uno de ustedes me hará llegar su oferta que yo, a mi vez, trasladaré al Consejo Regente. No se admitirán ofertas conjuntas, cada uno deberá presentar la suya. El Consejo elegirá la más ventajosa y, después, anunciará el nombre del elegido en una sesión formal y pública. Entonces, y sólo entonces, el ganador abonará al tesoro público la cantidad estipulada. La mayor parte del dinero, según tengo entendido, será empleado para financiar la construcción del nuevo puente (esta vez, me atrevo a suponer, partiendo de materiales mucho menos singulares) y poner en marcha un servicio de *ferry* para que los ciudadanos puedan cruzar la bahía mientras se llevan a cabo las obras.

—Comprendo.

El espigado caballero miraba con fijeza a Carthus. El

joyero sentía que aquellos ojos lo taladraban hasta el alma misma.

—Dispone exactamente de cinco días para presentar su oferta, Carthus. Pero antes de dar por terminada nuestra reunión, quisiera hacerle dos advertencias. Primera, si descubrimos que han intentado pactar o comunicarse entre ustedes, serán sancionados con la suprema reprobación del Consejo. Segunda, si alguien, quien sea, llegara a enterarse de la precaria seguridad del puente, no perderemos el tiempo en intentar averiguar quién de ustedes se ha ido de la lengua; todos y cada uno de los miembros de la Junta Directiva del Gremio de Joyeros de Ponti serán destituidos y reemplazados de manera fulminante, y sus negocios les serán confiscados (podrían sernos muy útiles para adjudicarlos como premios en los próximos Juegos de Otoño, por ejemplo).

—Ya —replicó Carthus, con voz estrangulada.

—Ahora ya puede usted marcharse. Dispone de cinco días, no lo olvide. Haga venir al siguiente.

Carthus salió de la gruta como sonámbulo y, con voz ronca, le comunicó al siguiente miembro de la Junta.

—Tu turno.

Le alivió volver a encontrarse al aire libre, ver la luz del sol y respirar la fresca brisa del mar. Alzó la vista para contemplar una vez más el puente de Ponti en todo su esplendor; allí estaba, rutilante y majestuoso pese a su latente fragilidad, engalanando la ciudad con sus reflejos calidoscópicos, tal como había hecho a lo largo de los últimos dos mil años.

Entornó los ojos: ¿era su imaginación, o las joyas ya no brillaban como antes, la estructura parecía menos estable, el suntuoso puente en general había perdido algo de su antigua majestad? ¿Se estaría desvaneciendo ya ese aire de eternidad que lo envolvía?

Carthus se puso a calcular mentalmente cuánto podía valer el puente teniendo en cuenta únicamente el peso y volumen de las joyas que lo componían. Pensó en cómo cambiaría la actitud de Aathia hacia él si le obsequiaba con el diamante rosado del ápice; y en que los demás miembros de la Junta Directiva no volverían a mirarle como a un advenedizo nuevo rico, no señor, no si lograba convertirse en el hombre que compró el puente de Ponti.

Oh, todo el mundo le trataría con respeto. Sobre eso no cabía la menor duda.

Uno por uno, el caballero que se hacía llamar Glew Croll fue recibiendo a todos los miembros de la Junta Directiva. Cada uno reaccionó a su manera —unos se quedaron estupefactos y otros rieron a carcajadas, a unos los dejó sumidos en una profunda tristeza y otros simplemente experimentaron una vaga melancolía— al enterarse del inminente derrumbe del puente de Ponti. Y, ya fuera de tristeza o de indiferencia la expresión de su rostro, todos habían empezado a hacer balance para calcular el monto de la inversión y los beneficios que podría reportarles, elucubrando al mismo tiempo sobre las cantidades que ofrecerían los otros joyeros y pensando en prevenir a los espías que habían infiltrado arteramente entre los empleados de sus rivales para que mantuvieran ojos y oídos bien abiertos.

Carthus no le dijo nada a nadie, ni siquiera a su adorada e inalcanzable Aathia. Se encerró en su despacho y garabateó una cifra en un papel, lo rompió, escribió otra cifra, y vuelta a empezar. Los demás joyeros estaban igualmente enfrascados en la misma tarea.

El fuego que ardía en la chimenea del Club de los Granujas se había extinguido por completo, tan sólo quedaban algunas mortecinas brasas desperdigadas entre las cenizas y, fuera, el cielo empezaba a vestirse de plata con las primeras luces del día. Gloathis, Redcap y yo habíamos pasado toda la noche escuchando atentamente la historia de aquel hombre que se hacía llamar Stoat. Al llegar a este punto del relato, nuestro narrador se recostó en su cojín y sonrió complacido.

—Ahí lo tienen, amigos míos —dijo—. Una estafa perfecta. ¿Eh?

Miré de soslayo a Gloathis y a Redcap y comprobé con gran alivio que parecían tan despistados como yo.

—Le ruego me disculpe —dijo Redcap—, pero sigo sin ver...

—No lo ve, ¿eh? ¿Y qué me dice usted, Gloathis? ¿Lo ve? ¿O el barro ciega también sus ojos?

Gloathis estaba muy seria.

—Bueno... es evidente que logró convencerles de que era usted un emisario legítimo del Consejo Regente; y debo admitir que reunirlos a todos en la antesala fue una idea de lo más inspirada. Lo que no termino de ver es qué provecho sacó usted de todo esto. Al principio mencionó que necesitaba reunir un millón, pero se suponía que el pago no iba a efectuarse a través de usted. Según sus instrucciones, debían esperar a que se hiciera público el nombre del ganador que, acto seguido, procedería a entregar la cantidad estipulada al propio Consejo...

—Pues sí que es usted obtusa, señora mía —le replicó Stoat. Me miró a mí y alzó una ceja. Yo negué con la cabeza—. Y se las dan ustedes de estafadores de altos vuelos.

A Redcap se lo llevaban los demonios.

—¡No veo dónde está el beneficio para usted! Se gastó sus últimas treinta monedas de oro en alquilar la gruta y enviar los mensajes. Les dejó bien claro que no era usted más que un representante del Consejo y que el dinero se lo entregarían directamente a ellos...

Fue al escuchar el razonamiento que Redcap acababa de hacer en voz alta cuando di con la clave. De repente lo vi todo claro y lo entendí y, al entenderlo, me entraron ganas de soltar una carcajada. Tuve que hacer tales esfuerzos para reprimirla, que casi me ahogo.

—Oh, soberbio, absolutamente soberbio —fue todo cuanto acerté a decir en un primer momento. Mis amigos me miraron con verdadera cólera. Stoat no dijo nada, se limitó a esperar.

Me puse en pie y me incliné para susurrar al oído de Stoat. Él asintió con la cabeza y dejó escapar una risilla de satisfacción.

—Al menos uno de ustedes demuestra cierto potencial —afirmó, y se puso en pie. Se estiró un poco la ropa

y se fue caminando bajo la luz de las antorchas que iluminaban los pasadizos del Club de los Granujas de la Perdida Carnadine hasta que, por fin, desapareció entre las sombras. Yo me quedé mirándole mientras se alejaba. Los otros dos me miraban a mí.

—Pues no lo entiendo —dijo Redcap.

—¿Qué fue lo que hizo? —me preguntó Gloathis intrigado.

—¿Y os las dais de estafadores de altos vuelos? —inquirí—. Yo he sido capaz de figurármelo sin ayuda de nadie. Por qué no pensáis un poco... Bueno, está bien. Tras reunirse con todos los joyeros, les dejó a su aire unos días, para dar lugar a que el tiempo aumentara progresivamente la tensión. Luego, se las ingenió para encontrarse con cada uno de ellos por separado, escogiendo con sumo cuidado los diferentes momentos y lugares (seguramente tabernas de los bajos fondos) para que nadie pudiera descubrir su juego.

»Al ver al joyero de turno en la taberna elegida para el encuentro, le saludaba y dirigía hábilmente la conversación hacia el único punto que todos ellos habían pasado por alto. Las ofertas debían ser presentadas al Consejo a través de mi amigo, así que éste podía manipularlas de modo que la del joyero con el que estaba hablando en ese momento (por ejemplo, Carthus) fuera la más ventajosa de todas.

»Porque, como es natural, él no tenía inconveniente en aceptar un soborno.

Gloathis se dio una palmada en la frente.

—¡Si seré borrica! ¡Cómo es posible que no lo haya visto antes! Soborno a soborno, seguro que no le fue difícil sacarles un millón de coronas de oro a esos lilas. Y una vez que hubo desplumado al último joyero, se esfumó. Los joyeros no podían poner una denuncia, porque si el Consejo descubría que habían intentado sobornar a un hombre creyendo que era un representante legítimo del Consejo, se arriesgaban a que les cortaran las manos, la cabeza o les cerraran sus respectivos negocios. Una estafa redonda.

Y a continuación, ya no se oyó más que el silencio en el salón principal del Club de los Granujas de la Perdida Carnadine. Sencillamente, nos quedamos admirando íntimamente la sublime genialidad del hombre que vendió el puente de Ponti.

LA PRESIDENCIA DE OCTUBRE

OCUPABA la presidencia Octubre, así que hacía fresco aquella noche y las hojas que caían de los árboles tenían tonos rojizos y anaranjados. Los doce meses estaban sentados alrededor de una hoguera, asando unas inmensas salchichas ensartadas en palos —el fuego chisporroteaba con las gotas de grasa que caían sobre la hoguera de ramas de manzano— y bebiendo sidra, que les dejaba en la boca un sabor áspero y acidulado.

Abril mordió delicadamente su salchicha, que reventó al contacto con sus dientes y le manchó la barbilla con el jugo abrasador.

—Maldita sea, bazofia infecta —dijo.

Marzo, sentado junto a ella, soltó una carcajada y le ofreció un gigantesco y cochambroso pañuelo.

—Toma —le dijo.

Abril se limpió la barbilla y replicó:

—Gracias. Me he quemado con el puñetero amasijo de tripas este. Seguro que mañana tengo una ampolla.

Septiembre bostezó.

—Mira que eres hipocondríaca —dijo, sentado al otro lado del fuego—. Y muy mal hablada, también.

Septiembre lucía un fino bigotillo y unas formidables entradas que le daban un aire aristocrático.

—Déjala en paz —le regañó Mayo. Llevaba el cabello muy corto y unas botas de aspecto anodino. Se estaba fumando un delgado purito que dejaba en el aire un fuerte aroma a clavo—, tiene la piel muy sensible.

—Ooh, usted perdone, señorita —replicó Septiembre, en tono burlón.

Octubre, consciente de su posición como presidente, bebió un sorbo de sidra, se aclaró la garganta y dijo:

—Bien. ¿Quién quiere empezar? —En su calidad de presidente, ocupaba una silla tallada en madera de roble con incrustaciones de fresno, cedro y cerezo. Los otros once estaban sentados alrededor de la hoguera en unos tocones pulidos por el uso y los años.

—¿Y qué hay de las actas? —inquirió Enero—. Siempre levantamos acta cuando yo presido la reunión.

—Pero no eres tú quien la preside hoy, ¿verdad que no? —replicó, con ironía, el aristocrático Septiembre.

—¿Y qué hay de las actas? —repitió Enero—. No puedes ignorarlas.

—Olvídate de las dichosas actas —intervino Abril, pasándose la mano por sus largos cabellos dorados—. Yo creo que debería empezar Septiembre.

Septiembre se puso hueco y asintió.

—Será un placer —dijo.

—Eh —exclamó Febrero—. Eh-eh-eh-eh-eh-eh-eh. Aún no he oído al presidente sancionar la propuesta. Aquí no empieza nadie hasta que Octubre diga quién empieza y, después, todo el mundo se calla. ¿No podríamos hacer las cosas con un poquito de orden? —Y miró fijamente a sus compañeros, menudos, pálidos y vestidos en diversos tonos de azul y de gris.

—Me parece bien —terció Octubre. En su barba se

apreciaban múltiples matices de color, como los de una arboleda en otoño: castaño oscuro, cobrizo, burdeos. Tenía las mejillas sonrosadas, lo que le daba un aspecto bonachón y familiar, como el de un amigo de toda la vida—, que comience Septiembre. Pero empecemos de una vez.

Septiembre introdujo en su boca el último trozo de salchicha, la masticó con deleite y apuró su vaso de sidra. A continuación, se puso en pie, hizo una reverencia y comenzó a hablar.

—Laurent DeLisle era el mejor cocinero de todo Seattle, o al menos, eso opinaba Laurent DeLisle, y las estrellas de Michelin que lucían en la puerta de su restaurante lo confirmaban. Era un gran chef, ciertamente (su volován de cordero había sido premiado en numerosas ocasiones, y la revista *Gastronome* llegó a calificar sus codornices ahumadas con ravioli al aroma de trufa blanca como «la décima maravilla del mundo»), pero su mayor pasión y la verdadera fuente de su orgullo había sido siempre su espléndida bodega... mmm, qué bodega.

»Y sé bien lo que me digo. En mí se cosechan las últimas uvas blancas y la mayor parte de las rojas: sé apreciar un buen vino, el aroma, el gusto y también el posgusto.

»Laurent DeLisle solía comprar sus vinos en subastas, a coleccionistas privados y a reputados comerciantes: quería que todos sus caldos tuvieran pedigrí, pues cuando uno paga cinco mil, diez mil e incluso cien mil dólares, euros o libras por una botella, es fácil que intenten estafarle.

»Su más preciado tesoro —la joya de la corona—, el más raro entre los raros y el no va más de su sofisticada bodega era una botella de Château-Lafitte de la cosecha de 1902. Figuraba en su carta de vinos y tenía un precio de ciento veinte mil dólares, aunque en realidad su valor era incalculable, pues no había ninguna otra botella como aquélla en todo el mundo.

—Perdona un momento —le interrumpió Agosto. Era el más gordo de los doce, y se peinaba hacia el centro los escasos y dorados cabellos para ocultar su rosada calva.

Septiembre le miró con impaciencia.

—¿Sí?

—¿Es aquella historia en la que un tipo rico pide una botella de vino para acompañar su cena y el chef decide que lo que ha pedido para cenar no está a la altura del vino que ha pedido y entonces le sirve otra cosa y resulta que al probarla el tipo rico sufre una especie de reacción alérgica a la comida y se muere y la botella de vino se queda sin beber?

Septiembre no contestó. Parecía muy molesto.

—Porque si es ésa, ya nos la has contado. La contaste hace años. Ya era tonta entonces y sigue siendo tonta ahora. —Agosto sonrió. Sus rubicundas mejillas resplandecían a la luz de la hoguera.

Septiembre dijo:

—Está claro que el *pathos* y la cultura no son para todo el mundo. Algunos prefieren comer salchichas y beber cerveza, y a otros nos gusta...

Febrero le interrumpió:

—Vaya, odio tener que admitirlo pero, en cierto modo, Agosto tiene razón. No se puede contar dos veces la misma historia.

Septiembre alzó una ceja y frunció los labios.

—Pues no tengo más que decir —replicó, en tono cortante. Y volvió a ocupar su sitio.

Los meses del año, reunidos en círculo alrededor de la hoguera, se miraron unos a otros.

Junio, indecisa y candorosa, levantó la mano y dijo:

—Yo tengo una sobre una mujer policía de esas que vigilan el monitor de rayos X en el aeropuerto de La Guardia. Le bastaba con ver en la pantalla el contenido del equipaje de un pasajero para adivinarlo todo sobre él, y un día vio un equipaje tan bonito que se enamoró de su dueño, y trató de adivinar a cuál de los pasajeros que había en la cola pertenecía, pero no fue capaz, y se pasó meses y meses suspirando por aquel tipo. Cuando el tipo volvió, lo reconoció; resultó ser un anciano indio —ella era una joven negra muy guapa, de unos veinticinco años—, y entonces se dio cuenta de que la cosa no podía ser y le dejó marchar, porque al ver el contenido de su equipaje en el monitor supo que al hombre no le quedaba mucho tiempo de vida.

—Está bien, joven Junio. Cuenta la historia —dijo Octubre.

Junio se le quedó mirando fijamente, como un animalillo asustado.

—Eso es lo que acabo de hacer —replicó.

Octubre asintió con la cabeza.

—Pues claro —dijo, sin dar tiempo a que los demás dijeran nada—. ¿Empiezo con mi historia, pues?

Febrero le replicó, con aire desdeñoso:

—Un momento, grandullón. El que preside la reunión no puede contar su historia hasta que todos los demás hayamos intervenido. No podemos ir directos al acontecimiento principal.

Mayo estaba poniendo una docena de castañas en la rejilla que había sobre el fuego, colocándolas meticulosamente con ayuda de unas tenazas.

—Déjale que cuente su historia. Dios sabe que no puede ser peor que la del vino y, además, tengo cosas que hacer; las flores no se abren solas. ¿Quiénes están a favor?

—¿Estás proponiendo una votación formal? —terció

Febrero—. No me lo puedo creer. —Y sacó unos pañuelos de su manga para secarse el sudor de la frente.

Se alzaron siete manos. Cuatro se quedaron quietas: Febrero, Septiembre, Enero y Julio.

—No es nada personal —dijo Julio, en tono de disculpa—, es una simple cuestión de procedimiento. No es bueno sentar un precedente.

—Aclarada la cuestión —dijo Octubre—, ¿alguien más quiere decir algo antes de comenzar mi historia?

—Esto... sí. Hay momentos... —comenzó Junio, hay momentos en que tengo la impresión de que hay alguien entre los árboles, observándonos, pero cuando me doy la vuelta no veo a nadie. Aun así, estoy convencida de que nos observan.

—Eso es porque estás un poco majareta —replicó Abril.

—Mmm —dijo Septiembre—. Ésa es nuestra Abril. Es una chica sensible, pero sigue siendo la más cruel.[13]

—Basta ya —terció Octubre, acomodándose en su silla. Abrió una avellana con los dientes, le quitó la cáscara y la arrojó a la hoguera. Después, inició su relato.

Había una vez un niño que se sentía infeliz en su casa, aunque nadie le pegaba. No encajaba bien ni en su familia, ni en su pueblo, ni en su vida en general. Tenía dos hermanos mayores —eran gemelos— que cuando no le chinchaban, simplemente le ignoraban y, además, eran unos chicos muy populares.

Les gustaba jugar al fútbol: en algunos partidos, uno

13. Se refiere al primer verso de un famoso poema de T. S. Eliot, *La tierra baldía* (1922): «Abril es el mes más cruel.»

de los gemelos metía más goles y se convertía en el héroe del día y, en otros partidos, era el otro gemelo el que metía más goles. Su hermano pequeño no jugaba al fútbol. Los gemelos le habían puesto un mote; le llamaban el Enano.

Le habían llamado así desde que era un bebé y, al principio, sus padres les regañaban por ello.

Los gemelos se defendían: «Pero es que es el más enano de los tres. Miradle a él y miradnos a nosotros». Por aquel entonces los gemelos tenían seis años. Sus padres pensaron que era un detalle muy mono. Un mote como «el Enano» puede resultar contagioso, así que poco tiempo después la única que le seguía llamando Donald era su abuela, cuando le llamaba por su cumpleaños, y la gente que no le conocía.

En aquel momento, quizá porque los nombres tienen cierto poder, era realmente un enano: flacucho, pequeño y nervioso. Desde pequeño, su nariz tendía a moquear, con lo que llevaba diez años moqueando. A la hora de comer, si a los gemelos les gustaba lo que había de comida, se la robaban; si, por el contrario, no les gustaba, echaban la suya en el plato de Donald, que acababa cargándosela por no terminarse la comida.

Su padre nunca se perdía un partido de fútbol y, después de cada partido, tenía la costumbre de premiar con un helado al gemelo que más goles hubiera metido y comprarle otro al que menos, como premio de consolación. Su madre se autocalificaba de periodista, aunque básicamente se dedicaba a vender suscripciones y espacio publicitario en los periódicos: había vuelto a trabajar a jornada completa en cuanto los gemelos crecieron lo suficiente como para cuidarse ellos solitos.

En el colegio, los gemelos eran muy admirados entre sus compañeros. A él le llamaron Donald durante algún tiempo en su primer año de colegio, pero sólo hasta que se corrió la voz de que sus hermanos le llamaban el Enano. Sus profesores, por lo general, no le llamaban de ninguna manera, aunque en ocasiones se les oía comentar que era una pena que el menor de los Covay no tuviera ni el encanto ni la imaginación ni la vivacidad de sus hermanos.

El Enano no habría sabido decir cuándo pensó por primera vez en escaparse, ni en qué momento sus fantasías se habían convertido en planes. Para cuando decidió definitivamente que se marchaba, ya tenía escondido bajo un plástico detrás del garaje un tupper que contenía tres barras de Mars, dos Milky Ways, una bolsa de nueces, un paquete de regaliz, una linterna, varios tebeos, un paquete de cecina y treinta y siete dólares en monedas de veinticinco centavos. Lo cierto era que no le gustaba nada la cecina, pero había leído que algunos exploradores habían sobrevivido varias semanas sin otro alimento que ése; fue precisamente al guardar el paquete de cecina y cerrar la tapa, cuando supo que ya no tenía más remedio que fugarse.

Había leído libros, revistas y periódicos. Sabía que estando fuera de casa podía encontrarse con gente mala y corría el riesgo de que le hicieran daño; pero también había leído muchos cuentos y sabía que, entre tanto monstruo, hay también personas buenas.

El Enano tenía diez años y era un niño flaco e inexpresivo que siempre tenía mocos. Si vieras un grupo de niños e intentaras adivinar cuál de ellos es, seguro que te equivocarías. Sería otro. El más aislado. Ese en el que ni siquiera habías reparado.

Se pasó el mes de septiembre posponiendo la fuga. Fue un viernes verdaderamente malo, en el que sus dos hermanos se sentaron encima de él (y el que estaba sentado sobre su cara se tiró un pedo, riendo a carcajadas), cuando por fin decidió que, por muchos monstruos que le esperaran ahí afuera, no podían ser peores que sus dos hermanos, e incluso quizá fueran menos malos.

Al día siguiente, sábado, le dejaron al cuidado de sus hermanos, pero los gemelos se fueron al pueblo a ver a una chica que les gustaba. El Enano fue a la parte de atrás del garaje, sacó el tupper de debajo del plástico y se lo llevó a su habitación. Vació su mochila del colegio encima de la cama y metió dentro las chocolatinas, los tebeos, el dinero y la cecina. Después, cogió una botella de refresco que estaba vacía y la llenó de agua.

El Enano fue caminando hasta el pueblo y cogió un autobús que se dirigía al oeste. Compró un billete por valor de diez dólares hasta un lugar que no conocía, lo que le pareció un buen comienzo y, al llegar, se bajó del autobús y continuó a pie. No había acera, de modo que, cuando venía algún coche, se apartaba y seguía caminando por el arcén, para evitar accidentes.

El sol estaba ya alto. Empezaba a sentir hambre, así que rebuscó en su bolsa y sacó una barra de Mars. Al terminar, sintió sed y se bebió casi la mitad de la botella, sin darse cuenta de que iba a tener que racionarla. Había creído que, una vez fuera de la ciudad, encontraría fuentes por todas partes, pero aún no había visto ninguna. Aunque sí había un río que pasaba por debajo de un gran puente.

El Enano se detuvo en mitad del puente y se quedó mirando las turbias aguas del río. Recordó algo que había aprendido en el colegio: que todos los ríos van a parar al mar. Nunca había visto el mar de cerca. De un salto, se plantó allí y echó a andar río abajo. Había un sendero a lo largo de la orilla y, de vez en cuando, se veían latas o bolsas de plástico que indicaban que otras personas habían seguido antes aquel mismo sendero, pero no se encontró con nadie por el camino.

De un sorbo, se terminó lo que quedaba de agua.

Pensó que a lo mejor habían empezado ya a buscarle. Se imaginó un montón de coches de policía, helicópteros y perros sabuesos siguiendo su rastro. Lograría despistarlos. Pondría rumbo al mar.

El agua saltaba por encima de las rocas y salpicaba a su paso. Vio una garza azul, con las alas extendidas, que pasó volando justo a su lado, y las últimas libélulas de la temporada, y pequeños enjambres de mosquitos, que disfrutaban de los cálidos días del veranillo de San Miguel. El azul del cielo empezaba a oscurecerse y vio un murciélago que volaba a la caza de los insectos que pululaban por el aire. El Enano empezó a plantearse dónde dormiría cuando llegara la noche.

Un poco más adelante, el sendero se bifurcaba y tomó el camino que se apartaba del río, esperando que le llevara hacia una casa o una granja con algún establo vacío para pasar la noche. Empezaba a atardecer y siguió caminando un poco más, hasta que por fin llegó a una granja medio en ruinas y de aspecto nada acogedor. El Enano la rodeó, sintiendo que por nada del mundo sería capaz de entrar en aquella casa y, a continuación, saltando por encima de una valla, llegó a un pastizal que parecía abandonado. Se tumbó en el suelo, colocó la bolsa bajo la cabeza, a modo de almohada, y se dispuso a dormir.

Estaba tumbado de espaldas, completamente vestido y acabó contemplando el cielo. La verdad era que no tenía nada de sueño.

—A estas horas ya se habrán dado cuenta de que me he marchado de casa —se dijo—. Seguro que están preocupados.

Se imaginó regresando a su casa dentro de unos años. La alegría en los rostros de sus padres y hermanos al verle llegar por el camino. La bienvenida. Su cariño...

Se despertó horas más tarde, con la luz de la luna

bañando su cara. Podía verlo todo tan claro como a la luz del día, pero sin colores. Allá en el cielo brillaba la luna llena, o casi llena, y se imaginó que era el rostro de alguien quc le miraba desde arriba.

Oyó una voz que le preguntaba:

—¿De dónde eres?

No estaba asustado, al menos de momento, pero se incorporó y miró a su alrededor. Árboles. Hierba alta.

—¿Dónde estás? No te veo.

Algo que había creído una sombra se movió, estaba junto a un árbol, en el extremo del pastizal, y entonces pudo distinguir la figura de un niño de su misma edad.

—Me he escapado de mi casa —le explicó el Enano.

—Vaya —replicó el otro niño—, para eso hacen falta muchas agallas.

El Enano sonrió con orgullo. No sabía muy bien qué decir.

—¿Te apetece dar una vuelta? —sugirió el niño.

—Claro —respondió el Enano. Colocó su bolsa junto a un poste de la valla para poder encontrarla después.

Bajaron por la pendiente, manteniéndose a distancia de la vieja granja.

—¿Vive alguien ahí? —preguntó el Enano.

—En realidad, no —le contestó el otro niño. Su cabello era tan rubio y fino, que a la luz de la luna parecía casi blanco—. Hubo gente que lo intentó hace muchos años, pero no les gustó, y acabaron marchándose. Luego llegaron otros. Pero en este momento está deshabitada. ¿Cómo te llamas?

—Donald —respondió el Enano, y aclaró—: Pero me llaman «el Enano». ¿Y tú, cómo te llamas?

El niño vaciló un momento.

—Bienamado —replicó.

—Qué nombre tan chulo.

Bienamado le explicó:

—Antes tenía otro nombre, pero ya no puedo leerlo.

Se colaron por una oxidada cancela de hierro que estaba sólo entornada y salieron a un pequeño prado que había al final de la pendiente.

—Cómo mola este sitio —dijo el Enano.

En el prado había un montón de piedras de todos los tamaños. Piedras altas, más grandes que cualquiera de los dos niños, y piedras pequeñas, perfectas para sentarse. También había algunas que estaban rotas. El Enano sabía perfectamente qué clase de sitio era aquél, pero no tenía miedo.

—¿Quiénes eran los que están aquí enterrados?

—Buena gente, casi todos —respondió Bienamado—. Antes había un pueblo ahí, al otro lado de los árboles. Luego llegó el ferrocarril y construyeron un apeadero en el pueblo de al lado, y nuestro pueblo se fue quedando sin gente y, con el tiempo, las casas también se vinieron abajo. Ahora ya no hay más que árboles y matorrales. Puedes esconderte en los árboles y entrar en las casas en ruinas.

El Enano preguntó:

—¿Son como la granja de ahí atrás? Me refiero a las casas. —Porque si eran como aquélla, no pensaba ni acercarse.

—No —contestó Bienamado—. Yo soy el único que entra en ellas de vez en cuando. Y algún que otro animal, también. No hay ningún otro niño por aquí.

—Me lo imaginaba —replicó el Enano.

—Si quieres, podemos a ir a jugar allí dentro —sugirió Bienamado.

—Eso sería genial.

Era una perfecta noche de octubre: casi tan cálida como una noche de verano, con una luna de agosto que dominaba el firmamento y permitía verlo todo con total claridad.

—¿Cuál de éstas es la tuya? —preguntó el Enano.

Bienamado se irguió con orgullo y cogió al Enano de la mano. Le llevó hasta un rincón del prado. Los niños apartaron los altos matojos de hierba. La piedra estaba tumbada en el suelo, y las fechas que tenía grabadas eran de hacía cien años. Apenas se podía leer, pero sobre las fechas aún se distinguían las palabras:

BIENAMADO HIJO
SIEMPRE TE RECOR

—Recordaremos, supongo —explicó Bienamado.

—Sí, eso parece —coincidió el Enano.

Atravesaron la cancela de nuevo, bajaron por un barranco y llegaron hasta las ruinas del antiguo pueblo. Las ramas de los árboles se metían dentro de las casas y los edificios estaban completamente en ruinas, pero no daba ningún miedo. Se pusieron a jugar al escondite. Exploraron la zona. Bienamado le enseñó al Enano cosas increíbles, como una cabaña de una sola habitación que, según él, era el edificio más antiguo de aquella comarca. Y la verdad es que, teniendo en cuenta su antigüedad, se conservaba relativamente bien.

—Con la luz de la luna lo veo todo muy bien —comentó el Enano—. Incluso aquí dentro. No sabía que fuera tan fácil.

—Sí —replicó Bienamado—. Y después de un tiempo llegas a ver bien incluso cuando no hay luna.

El Enano sentía un poco de envidia.

—Tengo que ir al baño —dijo el Enano—. ¿Hay algún sitio por aquí?

Bienamado se quedó pensando un momento.

—No lo sé —admitió—. Yo ya no tengo que hacerlo. Todavía quedan en pie algunas letrinas, pero puede que no sea muy seguro meterse dentro. Será mejor que lo hagas entre los árboles.

—Como un oso —dijo el Enano.

Se fue hacia la parte de atrás, a los árboles que crecían junto al muro de la cabaña, y se metió detrás de uno de ellos. Era la primera vez que hacía sus necesidades al aire libre y se sintió como un animal salvaje. Una vez hubo terminado, se limpió con un puñado de hojas y, a continuación, volvió a la parte delantera. Bienamado se había sentado a esperarle a la luz de la luna.

—¿Cómo moriste? —le preguntó el Enano.

—Me puse malo —respondió Bienamado—. Me dolía mucho la garganta y me puse muy enfermo. Luego, me morí.

—Si me quedo aquí contigo —preguntó el Enano—, ¿tendría que morirme también?

—Puede —contestó Bienamado—. O sea, sí. Supongo.

—¿Y qué se siente estando muerto?

—Nada en especial —dijo Bienamado—. Lo peor de todo es que no tienes a nadie con quien jugar.

—Pero en ese prado debe de haber mucha gente muerta —señaló el Enano—. ¿No juegan nunca contigo?

—Qué va —dijo Bienamado—. La mayor parte del tiempo están dormidos. E incluso cuando se levantan, lo último que les apetece es ir a explorar y hacer cosas. No me hacen mucho caso. ¿Ves ese árbol?

Estaba señalando un haya cuya corteza suave y grisácea estaba resquebrajada por el tiempo. Crecía en lo que debió de ser la plaza del pueblo, unos noventa años antes.

—Sí —contestó el Enano.

—¿Quieres que nos subamos?

—Parece muy alto.

—Lo es. Altísimo. Pero es fácil trepar hasta arriba. Te enseñaré cómo.

Llevaba razón: era fácil trepar por aquel tronco. La corteza tenía grietas donde se podía apoyar los pies y los niños se pusieron a trepar como si fueran monos, o piratas. Desde allí arriba se podía ver el mundo entero. El día empezaba a clarear, muy levemente, por el este.

Todo parecía estar esperando. La noche llegaba a su fin. El mundo contenía la respiración, preparándose para comenzar de nuevo.

—Ha sido el mejor día de mi vida —afirmó el Enano.

—Y de la mía —coincidió Bienamado—. ¿Qué vas a hacer ahora?

—Ni idea —contestó el Enano.

Se imaginó viajando por todo el mundo y llegando,

por fin, al mar. Imaginó que se hacía mayor por su cuenta y riesgo. Y un día sería inmensamente rico, y volvería a casa, con los gemelos, y llegaría en un cochazo de película. O, mejor, regresaría en mitad de un partido de fútbol (en sus fantasías, los gemelos seguían siendo niños y él había dejado de ser un enano) y les miraría, pero sin rencor. Invitaría a comer a sus padres y a sus hermanos en el mejor restaurante del pueblo y ellos se lamentarían por haberle subestimado y haberle tratado tan mal. Le pedirían perdón, llorando, y él les escucharía sin decir nada. Luego, les haría un regalo a cada uno y volvería a salir de sus vidas, sólo que esta vez para siempre.

Era un sueño fantástico.

Pero la realidad era muy distinta; seguiría su camino y mañana, o pasado, darían con él y, al llegar a casa, le echarían una buena bronca y todo volvería a ser como antes y, día tras día, hora tras hora, hasta el final de sus días, seguiría siendo el Enano, con la diferencia de que ahora todos estarían furiosos con él por haber tenido el valor de marcharse de casa.

—Voy a tener que irme a dormir ya —dijo Bienamado, y empezó a bajarse de la gran haya.

Bajar resultaba algo más difícil, o eso le pareció al Enano. No veías dónde ponías el pie y tenías que ir tanteando para encontrar una grieta. Se resbaló en varias ocasiones, pero Bienamado, que iba delante, le iba indicando: «Un poquito más a la derecha».

El cielo seguía clareando y la luna se veía cada vez menos. Subieron por el barranco. Había momentos en que el Enano pensaba que Bienamado había desaparecido, pero al llegar arriba vio que el niño estaba esperándole.

Apenas hablaron mientras subían hasta el prado lleno de lápidas. El Enano rodeó el hombro de Bienamado con su brazo y continuaron subiendo la pendiente.

—Bueno —dijo Bienamado—, gracias por la visita.

—Me lo he pasado muy bien —replicó el Enano.

—Sí, yo también.

Un poco más abajo, entre los árboles, se oía el canto de un pájaro.

—Y si quisiera quedarme... —aventuró el Enano. Pero no terminó la frase. Puede que ésta sea mi última oportunidad de cambiar las cosas, pensó. Sabía que no lograría llegar al mar. Ellos nunca lo permitirían.

Bienamado guardó silencio un buen rato. El mundo tenía ahora un color grisáceo. Otros pájaros se unieron al canto del primero.

—Yo no puedo ayudarte —dijo por fin Bienamado—. Pero puede que ellos sí.

—¿Quiénes?

—Aquellos de allí. —El niño señaló la granja en ruinas, cuyas destartaladas ventanas se veían ahora recortadas contra la luz del amanecer. Bajo aquella luz grisácea seguía resultando igual de siniestra.

El Enano se estremeció.

—¿Hay gente ahí dentro? —le preguntó—. ¿No me habías dicho que estaba vacía?

—No dije que estuviera vacía —le explicó Bienamado—, dije que estaba deshabitada, que no es lo mismo. —Levantó la vista al cielo—. Tengo que irme ya —añadió, estrechando la mano de su amigo. Y sin más, desapareció.

El Enano se quedó solo en medio del pequeño cementerio, escuchando el canto de los pájaros y contemplando el amanecer. Luego, siguió caminando colina arriba. Le costaba más subir ahora que iba solo.

Recogió su bolsa y se comió el último Milky Way mientras contemplaba la granja en ruinas. Los huecos de las ventanas parecían ojos que le observaran.

El interior de la casa estaba oscuro. Muy oscuro.

Echó a andar por el pastizal plagado de malas hierbas. La puerta de la vieja granja estaba carcomida y desvencijada. Se detuvo frente a ella, indeciso, preguntándose si sería buena idea quedarse allí parado. Olía a humedad y a podredumbre, pero percibía también otro olor que no terminaba de identificar. Le pareció oír un ruido procedente del interior, del sótano, quizá, o del desván. Podía ser de alguien que caminara arrastrando los pies. O saltando. Era difícil decirlo.

Finalmente, se decidió a entrar.

Nadie dijo una sola palabra. Terminada su historia, Octubre se bebió un vaso de sidra y, a continuación, se sirvió otro.

—Ésa sí que es una buena historia —afirmó Diciembre—. Francamente buena, sí señor. —Se frotó los pálidos ojos azules. El fuego estaba prácticamente extinguido ya.

—¿Y qué ocurrió después? —preguntó, inquieta, Junio—. ¿Qué pasó cuando entró en la casa?

Mayo, sentada a su lado, tocó con ternura el brazo de su compañera.

—Es mejor no pensar en ello —le dijo.

—¿Alguien más quiere intervenir? —inquirió Agosto. Todos permanecieron callados—. En ese caso, creo que podemos dar por terminada la reunión.

—Hagamos una votación formal —señaló Febrero.

—¿Quiénes están a favor? —preguntó Octubre, y todos contestaron a coro: «yo»—. ¿En contra? —Silencio—. Se levanta la sesión, pues.

Los doce meses se pusieron en pie, desperezándose, y se fueron hacia el bosque, en parejas y grupos de tres. Sólo Octubre y Noviembre permanecieron en su sitio.

—Te toca a ti presidir la próxima —dijo Octubre.

—Lo sé —replicó Noviembre. Tenía los labios muy finos y el rostro pálido. Ayudó a Octubre a levantarse de la silla—. Me gustan tus historias. Las mías son siempre demasiado lúgubres.

—A mí no me lo parece —dijo Octubre—. Simplemente, tus noches son más largas. Y no eres tan cálido.

—Visto así —respondió Noviembre—, me quedo más tranquilo. Cada uno es como es y no se puede hacer nada para evitarlo.

—Así me gusta —replicó su hermano y, estrechándose la mano, se alejaron de la hoguera, ya completamente extinguida, y desaparecieron entre la oscuridad, llevándose consigo sus historias.

PARA RAY BRADBURY

CABALLERÍA

LA SEÑORA Whitaker encontró el Santo Grial; estaba debajo de un abrigo de piel.

Todos los jueves por la tarde, la señora Whitaker bajaba hasta la oficina de correos para retirar su pensión, pese a que no andaba muy bien de las piernas y, de vuelta a casa, se pasaba por la tienda de Oxfam y se hacía un modesto homenaje.

En la tienda de Oxfam vendían ropa de segunda mano, baratijas, retales, restos de serie y una inmensa variedad de libros baratos. Todo lo que allí se vendía procedía de donaciones; prendas y objetos encontrados al desalojar las casas de personas fallecidas, o simplemente desechados por otras personas. Todos los beneficios se destinaban a obras de caridad.

Los empleados que llevaban la tienda eran todos voluntarios. Aquella tarde, la voluntaria encargada de atender a los clientes era Marie, una chica de diecisiete años con algo de sobrepeso, que vestía un amplio jersey de color malva no muy distinto de los que se podían encontrar en la propia tienda.

Marie estaba sentada frente a la caja registradora, rellenando un test titulado «Descubre tu personalidad oculta», de la revista *Modern Woman*. De vez en cuando, consultaba las últimas páginas para comprobar qué puntuación se asignaba a las distintas respuestas antes de decidir cuál marcaba.

La señora Whitaker se paseaba por la tienda mirando los diversos artículos.

Reparó en que aún no habían vendido la cobra disecada. La tenían allí desde hacía seis meses, cogiendo polvo, con sus ojos de cristal observando con mirada torva la ropa colgada en las perchas y la vitrina en la que se exponían la descascarillada porcelana y un montón de juguetes con marcas de dientes.

La señora Whitaker tocó suavemente su cabeza al pasar junto a ella.

Cogió un par de novelas románticas de uno de los estantes —*Alma en tormento* y *Corazón tumultuoso*, a un chelín cada una— y se entretuvo un rato mirando una lámpara hecha con una botella vacía de Mateus Rosé antes de decidir que en realidad no tenía dónde ponerla. Apartó un raído abrigo de piel que desprendía un fuerte olor a naftalina; debajo, había un bastón y un abarquillado ejemplar de *Romance y leyenda de caballeros*, de A. R. Hope Moncrieff, que costaba cinco peniques. Justo al lado del libro, estaba el Santo Grial. En la base, había una pegatina redonda en la que podía verse el precio escrito con rotulador: 30 peniques.

La señora Whitaker tomó en sus manos la polvorienta copa de plata y la contempló a través de los gruesos cristales de sus gafas.

—Me gusta esto —le dijo a Marie.

Marie se encogió de hombros.

—Quedaría muy bonito en la repisa de mi chimenea.

Marie volvió a encogerse de hombros.

La señora Whitaker le dio a Marie cincuenta peniques y ella le devovió diez y le dio una bolsa de papel para que metiera en ella los libros y el Santo Grial. A continuación, la señora Whitaker entró en la carnicería que estaba justo al lado y compró unos filetes de hígado. Finalmente, se volvió a casa.

El interior de la copa tenía una gruesa capa de polvo rojizo. La señora Whitaker la lavó con sumo cuidado y la dejó una hora en remojo en agua templada con un chorrito de vinagre.

Pasado ese tiempo, la frotó con un limpiametales hasta dejarla bien reluciente y la colocó en el salón, sobre la repisa de la chimenea, entre un perrito de porcelana muy mono y una fotografía de su difunto esposo, Henry, que había sido tomada en la playa de Frinton en 1953.

Había hecho bien en comprarlo. Quedaba de maravilla.

Aquella noche, cenó hígado empanado con cebolla frita. Estaba todo muy rico.

El día siguiente era viernes; la señora Whitaker y la señora Greenberg tenían por costumbre visitarse un viernes de cada dos. Aquella mañana le tocaba a la señora Greenberg visitar a la señora Whitaker. Se sentaron en el salón a disfrutar de un delicioso té con pastas. La señora Whitaker tomaba el té con una cucharadita de azúcar, pero la señora Greenberg lo endulzaba con un edulcorante que solía llevar en el bolso, dentro de un tarrito de plástico.

—Qué bonito —comentó la señora Greenberg, señalando el Santo Grial—. ¿Qué es?

—Es el Santo Grial —respondió la señora Whitaker—, el cáliz del que bebió Jesús en la Última Cena. Luego, en el momento de la Crucifixión, lo utilizaron para recoger Su sangre cuando la lanza del centurión perforó Su costado.

La señora Greenberg puso cara de asco. Era menuda y judía, y sentía verdadera repulsión por todo aquello que juzgaba antihigiénico.

—Preferiría que me hubieras ahorrado los detalles —le dijo—, pero es francamente bonito. A nuestro Myron le dieron uno igual cuando ganó el campeonato de natación, sólo que llevaba su nombre grabado.

—¿Sigue con esa chica tan agradable, la peluquera?

—¿Bernice? Ay, sí. Y están pensando en comprometerse formalmente —replicó la señora Greenberg.

—Qué buena noticia —dijo la señora Whitaker, y cogió otra pasta.

A la señora Greenberg le gustaba preparar pastas —dulces, doradas y con trocitos de almendra—, y siempre que visitaba a la señora Whitaker llevaba unas cuantas para acompañar el té.

Hablaron de Myron y Bernice, y de Ronald, el sobrino de la señora Whitaker (que no había tenido hijos), y de una amiga suya, la señora Perkins, que se había roto la cadera y estaba ingresada, la pobrecilla.

A mediodía, la señora Greenberg se fue a su casa y la señora Whitaker se preparó unas tostadas con queso. Después de comer, se tomó sus pastillas: una blanca, otra roja, y las dos minúsculas píldoras de color naranja.

Sonó el timbre de la puerta.

La señora Whitaker salió a abrir. Era un joven con melena hasta los hombros, su cabello era tan rubio que casi parecía blanco, y lucía una brillante armadura de plata con una sobreveste blanca.

—Hola —saludó el joven.

—Hola —dijo la señora Whitaker.

—Un sublime designio me ha traído hasta aquí.

—Pues qué bien —replicó evasivamente la señora Whitaker.

—¿Puedo pasar? —le preguntó el joven.

La señora Whitaker negó con la cabeza.

—Lo siento mucho, pero no.

—Un sublime designio me ha traído hasta aquí: encontrar el Santo Grial —le explicó el joven—. ¿Está aquí?

—¿Tiene usted una credencial o algo parecido?

La señora Whitaker sabía que era una imprudencia dejar entrar a un extraño a menos que pudiera identificarse; máxime, tratándose de una mujer anciana que vivía completamente sola. Se exponía a que le vaciara el monedero o algo mucho peor.

El joven dio media vuelta y se alejó por el sendero de entrada. Su montura —un fornido corcel de pelo gris con el porte de un percherón, la cabeza orgullosamente erguida y un brillo de inteligencia en los ojos— estaba atado a la valla del jardín de la señora Whitaker. El caballero se puso a rebuscar dentro de sus alforjas y regresó con un pergamino en la mano.

El pergamino estaba firmado por Arturo, Rey de Todos los Británicos y hacía saber al interesado, fuera cual fuese su rango o posición social, que aquél era Galahad, Caballero de la Tabla Redonda, y que iba en pos de un Sublime y Muy Noble Designio. Y para disipar cualquier posible duda, había estampado un dibujo del joven caballero en la parte inferior. El retrato era bastante fiel al modelo.

La señora Whitaker asintió con la cabeza. Ella esperaba una simple tarjeta con una foto pero, desde luego, aquello tenía mucha más categoría. Le dijo:

—Será mejor que no se quede en la puerta. Pase.

Lo llevó hasta su cocina, donde le preparó a Galahad una taza de té, y luego le hizo pasar al salón.

Galahad vio el Grial en la repisa de la chimenea y cayó de rodillas. Con sumo cuidado, depositó su taza de té sobre la alfombra de tonos rojizos. Un rayo de sol se filtró a través del visillo e iluminó su rostro sobrecogido con un resplandor dorado que transformó sus rubios cabellos en un halo de plata.

—Es el verdadero, el Santo Grial —exclamó, con voz muy queda. Sus pálidos ojos azules parpadearon por tres veces, muy deprisa, como si intentara contener las lágrimas.

Agachó la cabeza y permaneció en silencio, en actitud reverente.

Al cabo de unos segundos, Galahad se puso en pie y se volvió hacia la señora Whitaker.

—Gentil dama, protectora de la Más Sagrada Reliquia, concededme la gracia de partir ahora con este Sagrado Cáliz, para de este modo poder dar fin a mi periplo y culminar mi gesta.

—¿Cómo dice, joven? —replicó la señora Whitaker.

Galahad se acercó a ella y tomó las manos de la anciana entre la suyas.

—Mi búsqueda ha concluido —le dijo—. Por fin he hallado el Santo Grial.

La señora Whitaker frunció los labios.

—¿Le importaría recoger su taza del suelo? —dijo.

Con un gesto de disculpa, Galahad se agachó y recogió su taza.

—Pues mire, no —continuó la señora Whitaker, respondiendo a su petición—. Me gusta mucho cómo queda ahí. Ése es el sitio perfecto, entre el perrito y la fotografía de mi difunto Henry.

—¿Es acaso oro lo que usted desea? ¿Es por eso? Gentil dama, puedo darle todo el oro…

—No —respondió tajantemente la anciana—. No quiero oro, muchas gracias. Simplemente, no quiero deshacerme de él.

Y dicho esto, condujo a Galahad hasta la puerta.

—Encantada de haberle conocido.

El caballo había asomado la cabeza por encima de la valla y estaba olisqueando sus gladiolos. Frente a la casa, en la acera, se habían congregado varios niños del vecindario para contemplarlo de cerca.

Galahad sacó de sus alforjas unos azucarillos y los repartió entre los más atrevidos para que se los dieran al caballo. Los niños se reían. Una de las niñas mayores se animó incluso a acariciar el hocico del animal.

Galahad subió a lomos de su caballo con un solo y ágil movimiento y, a continuación, se alejaron trotando por Hawthorn Crescent.

La señora Whitaker se quedó observándolos hasta que los perdió de vista, luego suspiró y entró en su casa de nuevo.

El fin de semana transcurrió plácidamente.

El sábado, la señora Whitaker tomó el autobús de Maresfield para visitar a su sobrino Ronald, la mujer de éste, Euphonia, y sus hijas, Clarissa y Dillian. Les llevó un bizcocho con pasas que ella misma había preparado.

El domingo por la mañana, la señora Whitaker fue a la iglesia. Pertenecía a la parroquia de Santiago el Menor, que tenía un aire demasiado «no pienses en este lugar como en una iglesia, piensa en él como un lugar de reunión en el que puedes encontrar personas afines con las que compartir un rato agradable» para el gusto de la señora Whitaker, pero le gustaba el vicario, el reverendo Bartholomew —excepto cuando se ponía a tocar la guitarra, claro.

Al terminar el oficio religioso, se le pasó por la mente la idea de comentarle que tenía el Santo Grial en el salón de su casa, pero finalmente decidió que no le apetecía.

El lunes por la mañana, la señora Whitaker se puso a trabajar en el jardín de atrás. Tenía un pequeño jardín de hierbas aromáticas del que se sentía muy orgullosa: eneldo, verbena, menta, romero, tomillo y un buen matojo de perejil. Se arrodilló en el suelo, se enfundó sus guantes de jardinería y empezó a arrancar la mala hierba y a quitar las babosas, que iba metiendo en una bolsa de plástico.

La señora Whitaker se mostraba siempre muy compasiva con las babosas. Se las llevaba hasta el fondo del jardín, que lindaba con la vía del tren, y las arrojaba por encima de la valla.

Cortó unas ramas de perejil para la ensalada. De prontó, oyó que alguien carraspeaba a su espalda. Allí estaba Galahad de nuevo, espigado y apuesto, con su impecable armadura centelleando bajo el sol de la mañana. Traía en los brazos un paquete de forma alargada que venía envuelto en una pieza de cuero.

—Ya me tiene aquí de nuevo —anunció.

—Buenos días —le saludó la señora Whitaker. La anciana se puso en pie, con no poca dificultad, y se quitó los guantes—. Bien, pues ya que está usted aquí, espero que no le importe echarme una mano.

La mujer le tendió la bolsa de plástico llena de babosas y le pidió que las arrojara por encima de la valla.

El caballero hizo lo que se le pedía.

Luego, entraron en la cocina. La anciana le preguntó:

—¿Té? ¿O prefiere limonada?

—Tomaré lo mismo que usted —respondió Galahad.

La señora Whitaker sacó una jarra de limonada casera de la nevera y mandó a Galahad al jardín a por unas ramitas de menta. Mientras, sacó dos vasos altos. Lavó la menta con mucho cuidado, puso unas cuantas hojas en cada vaso y, a continuación, vertió la limonada.

—¿Ha dejado el caballo fuera? —le preguntó.

—Oh, sí. Se llama *Grizzel*.

—Y me imagino que vendrá usted de muy lejos.

—De muy, muy lejos.

—Ya veo —dijo la señora Whitaker, y sacó de debajo del fregadero un barreño de plástico azul que llenó de agua hasta la mitad. Galahad se lo llevó a *Grizzel* y se quedó esperando a que terminara de beber para devolvérselo a la señora Whitaker.

—Bueno —dijo la anciana—. Imagino que sigue usted empeñado en llevarse el Grial.

—Cierto, mi corazón alberga todavía esa esperanza —admitió el caballero. Se agachó para coger el paquete que había dejado en el suelo, lo colocó sobre la mesa y lo desenvolvió—. A cambio, le ruego acepte este presente.

Era una espada y sólo la hoja medía más de un metro. A lo largo de ella, se veían algunas palabras y símbolos grabados con suma elegancia. La empuñadura era de plata y oro, y tenía una fabulosa joya engastada en el pomo.

—Es muy bonita —dijo la señora Whitaker, sin demasiada convicción.

—Ésta es Balmung, que fue forjada por Wayland, el Herrero, en el principio de los tiempos. La Flamberge fue forjada a su imagen y semejanza. Quienquiera que la empuñe en el campo de batalla, será invulnerable y se alzará con la victoria. Quienquiera que la empuñe, jamás incurrirá en cobardía ni acto innoble alguno. La piedra engastada en su pomo es el sardónice Bircone; aquel que lo posea será inmune al veneno y a la traición.

La señora Whitaker, miope como un murciélago, miraba la espada con el gesto arrugado.

—Parece muy afilada —comentó.

—Tanto, que podría cortar un cabello que flotara en el aire. Qué digo un cabello, un rayo de sol —afirmó Galahad, con orgullo.

—Vaya. En tal caso, sería mejor que la guardara.

—¿No desea usted quedársela? —Galahad parecía decepcionado.

—Quite, quite —respondió ella, y de pronto pensó que a su difunto Henry sí que le habría gustado. La habría colgado en la pared de su despacho, junto a la carpa disecada que había pescado en Escocia, para poder presumir ante las visitas.

Galahad envolvió de nuevo la espada Balmung con la pieza de cuero y la ató con un cordel blanco.

Con aire desconsolado, se sentó en una silla.

La señora Whitaker le preparó unos sándwiches de pepino con crema de queso para el camino y se los envolvió en papel de aluminio. También le dio una manzana para *Grizell*. El caballero parecía encantado con ambos regalos.

La anciana salió a la puerta a despedirlos.

Por la tarde, la señora Whitaker cogió el autobús para ir al hospital a visitar a la señora Perkins, que seguía ingresada por lo de su cadera, la pobrecilla. Le llevó un bizcocho con frutas que ella misma había preparado; no le había puesto nueces, tal como indicaba la receta, porque la dentadura de la señora Perkins no andaba muy allá.

Al volver a casa, se sentó a ver la tele un rato, pero se fue a la cama temprano.

El martes, el cartero llamó a su puerta. La señora Whitaker estaba en el desván, poniendo un poco de orden y, como tenía que bajar las escaleras con mucho tiento para no caerse, tardó demasiado en abrir la puerta. No obstante, el cartero le había dejado una nota para avisarle de que tenía un paquete para ella pero que no había podido entregarlo porque no había nadie en casa.

La señora Whitaker suspiró.

Guardó el aviso en su bolso y se fue a la oficina de correos.

El paquete lo enviaba su sobrina Shirelle, que vivía en Sidney, Australia. Dentro había una serie de fotos de su esposo, Wallace, y sus dos hijas, Dixie y Violet, y una concha envuelta en un trozo de algodón.

La señora Whitaker tenía en su dormitorio una formidable colección de conchas. Su favorita era una que tenía pintado un paisaje de las Bahamas. Se la había regalado su hermana Ethel, que murió en 1983.

Guardó las fotos y la concha en la bolsa de la compra. Luego, aprovechando que le pillaba de camino, se pasó por la tienda de Oxfam.

—Qué tal, señora W. —le saludó Marie.

La señora Whitaker se quedó mirándola un momento. Marie llevaba los labios pintados (el tono no le favorecía demasiado y tampoco se los había pintado con mucho arte, pero, pensó la señora Whitaker, es cuestión de práctica) y una falda que no estaba del todo mal. En honor a la verdad, parecía otra.

—Hola, bonita —dijo, respondiendo a su saludo.

—La semana pasada vino un caballero preguntando por ese chisme que compró la última vez. Aquella copita de metal. Le dije dónde podía encontrarla, espero que no le importe.

—Claro que no, no te preocupes —replicó la anciana—. Se pasó por casa.

—Era muy guapo. Muy, muy guapo —suspiró Marie—. Sería capaz de dejarlo todo para irme con él. Si hasta tenía un caballo blanco y todo.

La señora Whitaker reparó con agrado en que había mejorado también su postura.

En la estantería, la señora Whitaker encontró otra novelita romántica de las que a ella le gustaban —*Pasión Imperial*—, pero aún no había terminado de leer las dos últimas.

Cogió el ejemplar de *Romance y leyenda de caballeros* y se puso a hojearlo. Sus páginas desprendían un cierto olor a humedad. En la primera página, con una esmerada caligrafía y con tinta roja, alguien había escrito: EX LIBRIS FISHER.

Volvió a dejar el libro donde lo había encontrado.

Al llegar a casa, Galahad la estaba esperando. Los niños del vecindario hacían cola mientras el caballero los subía por turnos a la grupa de *Grizzel* para dar un breve paseo.

—Me alegro de verle por aquí —le dijo la mujer—. Necesito ayuda para mover unas cuantas cajas.

Le llevó hasta el desván y el siempre diligente Galahad apartó las cajas que le bloqueaban el acceso al aparador del fondo.

Todo estaba lleno de polvo.

La anciana le tuvo moviendo trastos de un lado a otro toda la tarde mientras ella limpiaba el polvo.

Galahad acabó con un buen arañazo en la mejilla y un brazo algo entumecido.

Charlaron amigablemente mientras arreglaban el desván. La señora Whitaker le habló de su difunto Henry; le contó que había podido liquidar la hipoteca gracias a su seguro de vida y que, lamentablemente, no tenía a quién legarle sus bienes, excepto Ronald, claro, pero su mujer prefería los muebles modernos. Le contó también que había conocido a su marido en plena guerra, cuando Henry, que pertenecía a la ARP,[14] subió a su casa para ad-

14. ARP (*Air Raid Precautions*): organismo creado en el Reino Unido al comienzo de la Segunda Guerra Mundial para proteger a los civiles frente a los bombardeos aéreos. Se encargaban del mantenimiento de los refugios antiaéreos, repartían máscaras antigás entre la población y patrullaban las calles cada noche para asegurarse de que no se vieran luces encendidas en las ventanas.

vertirle de que no había cerrado bien el cortinón de la cocina. En aquellos tiempos, asistían a los bailes que se organizaban en el pueblo; la entrada costaba seis peniques. Después, le dijo, al terminar la guerra, se mudaron a Londres y ella probó el vino por primera vez en su vida.

Galahad, por su parte, le habló de su madre, Elaine, que era veleidosa y no muy digna de confianza y, por si esto fuera poco, también un poco bruja; y de su abuelo, el Rey Pelles, que era buena gente, pero más bien distraído; también le contó cosas de su infancia, de cuando vivía en el castillo de Bliant, en la Isla de la Dicha; y de su padre, un hombre completamente loco que se hacía llamar «Le Chevalier Mal Fet»[15] cuando le conoció, pero que en realidad era Lanzarote del Lago, el más grande de los caballeros, sólo que iba disfrazado y había perdido temporalmente la cabeza; y, finalmente, le habló de cuando era escudero, en Camelot.

A las cinco en punto, la señora Whitaker echó un vistazo a su alrededor y decidió que el desván había quedado perfectamente limpio; luego, abrió la ventana para que se ventilara un poco y bajaron a la cocina a calentar agua para preparar el té.

Galahad se sentó a la mesa de la cocina.

El caballero abrió la escarcela de piel que llevaba a la cintura y sacó una piedra blanca y redonda. Tenía el tamaño de una pelota de cricket.

—Milady —le dijo—, le ruego acepte este presente a cambio del Santo Grial.

La señora Whitaker cogió la piedra, que pesaba más de lo que parecía, y la alzó hacia la luz. La superficie era lechosa y translúcida, y en el centro se veían unas moti-

15. El Caballero que Obró Mal.

tas plateadas que lanzaban destellos al sol del atardecer. No era fría al tacto, sino más bien cálida.

Mientras sostenía la piedra en sus manos, notó una sensación extraña. Sentía un profundo sosiego en el fondo de su alma, una especie de paz. Serenidad, ésa era la palabra; se sentía serena.

Algo en su interior se resistía a separarse de aquella piedra, pero finalmente la dejó sobre la mesa de nuevo.

—Es muy bonita —le dijo.

—Es la Piedra Filosofal, la que nuestro antepasado Noé colgó en el Arca para iluminar la tiniebla; tiene el poder de transformar en oro cualquier metal común, entre otros muchos —le explicó Galahad, con orgullo—. Y eso no es todo. Hay algo más. Mire.

Galahad sacó un huevo de su escarcela y se lo tendió a la anciana.

Por el tamaño, parecía un huevo de oca, la superficie era negra y brillante y estaba salpicada de motitas rojas y blancas. Al tocarlo, la señora Whitaker notó cómo se le erizaban los pelos de la nuca. La sensación más inmediata fue de un calor y una libertad increíbles. Percibía el crepitar de fuegos lejanos y, durante una mínima fracción de segundo, creyó ver el mundo desde una grandísima altura, mientras navegaba por los cielos en las alas de una llama.

Con mucho cuidado dejó el huevo sobre la mesa, junto a la Piedra Filosofal.

—Es el Huevo del Fénix —le explicó Galahad—. Viene de la lejana Arabia. Un día, eclosionará y de su interior nacerá el Ave Fénix; llegado el momento, el Ave construirá un nido de llamas, pondrá sus huevos y morirá, para renacer de sus cenizas en un tiempo futuro.

—Eso es lo que me pareció —contestó la señora Whitaker.

—Y, por último, gentil dama —le anunció Galahad—, os he traído esto.

Sacó el último regalo que traía en su escarcela y se lo entregó a la mujer. Era una manzana, tallada en lo que parecía un único rubí, o un pedazo de ámbar.

Algo nerviosa, la señora Whitaker lo cogió. Era blando al tacto —demasiado— al cerrar su mano en torno a él, un jugo de color rubí se derramó por entre los dedos de la señora Whitaker.

La cocina se inundó —de manera casi imperceptible, como por arte de magia— del aroma de las frutas de verano: frambuesas, melocotones, fresas y grosellas. Como voces distantes que cantaran al son de una lejana melodía.

—Es una manzana del jardín de las Hespérides —le explicó Galahad, con voz queda—. Un solo bocado puede curar cualquier enfermedad o herida, por profunda que sea; un segundo mordisco, devuelve al instante la juventud y la belleza perdidas; y se dice que el tercer mordisco otorga el don de la inmortalidad.

La señora Whitaker lamió de su mano el pegajoso jugo. Tenía el sabor de un buen vino.

Entonces, por un momento, recordó lo que significaba ser joven: tener un cuerpo esbelto y prieto capaz de hacer todo cuanto se le pidiera; correr por el campo por el simple placer de correr; que los hombres le sonrieran simplemente por ser ella y sentirse satisfecha con ella misma.

La señora Whitaker miró a sir Galahad, el más apuesto de los caballeros, sentado en su pequeña cocina.

La mujer contuvo el aliento.

—Y esto es todo cuanto he venido a ofrecerle —dijo Galahad—. Aunque reunirlos no ha sido tarea fácil, no crea.

La señora Whitaker dejó la roja fruta sobre la mesa de la cocina. Contempló unos instantes la Piedra Filosofal, el Huevo del Fénix y la Manzana de la Vida.

A continuación, fue hasta el salón y se quedó mirando la repisa de la chimenea: sus ojos se posaron primero en el perrito de porcelana, luego en el Santo Grial y, finalmente, en la fotografía en blanco y negro de su difunto esposo, Henry, en la que se le veía sin camisa y sonriendo mientras se comía un helado, hacía casi cuarenta años.

La señora Whitaker volvió a la cocina. La tetera había empezado a silbar. Vertió un poco de agua hirviendo en otra tetera, la movió en círculos y tiró el agua. Luego, añadió dos cucharaditas de té y una más para la tetera, y vertió el resto del agua. Se mantuvo en silencio a lo largo de todo el ritual.

Entonces, se volvió hacia Galahad y le miró.

—Haga el favor de guardar esa manzana —le dijo a Galahad, en tono severo—. No debería ir ofreciendo esa clase de cosas a las mujeres de cierta edad. No es correcto.

La mujer hizo una breve pausa antes de continuar.

—Pero sí le aceptaré los otros dos regalos. Quedarán muy bien en la repisa de la chimenea. Dos por uno me parece un trato más que justo.

Galahad sonrió de oreja a oreja. Se guardó la manzana en su escarcela de cuero. A continuación, se arrodilló y besó la mano de la señora Whitaker.

—Déjese de pamplinas —le dijo la señora Whitaker, y sirvió el té en las tazas que sólo sacaba con motivo de alguna ocasión muy especial.

Se sentaron a la mesa y disfrutaron del té en silencio.

Al terminar, fueron hacia el salón.

Galahad se santiguó y cogió el Santo Grial.

La señora Whitaker colocó el Huevo y la Piedra en el

lugar que hasta ese momento había ocupado el Grial. El Huevo no se mantenía en pie, así que lo apoyó contra el perrito de porcelana.

—Quedan muy bien —afirmó la señora Whitaker.

—Sí —coincidió Galahad—, quedan muy bonitos.

—¿Puedo ofrecerle algo de comer antes de que emprenda su viaje de regreso? —le preguntó.

El caballero negó con la cabeza.

—¿Un poco de bizcocho de frutas? —insistió ella—. Quizás ahora no le apetezca, pero en unas horas se alegrará de haberlo aceptado. Y también debería aprovechar para ir al servicio. Traiga eso acá y se lo envolveré.

La anciana le acompañó hasta el pequeño aseo que había al final del pasillo y se fue a la cocina para envolver el Grial. Había papel de regalo en la despensa, así que envolvió el cáliz con cuidado y lo ató con un cordel. Luego, cortó un buen trozo de bizcocho de frutas y lo metió en una bolsa de papel, junto con un plátano y una cuña de queso envuelta en papel de aluminio.

Galahad salió del servicio. La mujer le dio la bolsa con la comida y el Santo Grial. Entonces, se puso de puntillas y le besó en la mejilla.

—Eres un buen chico —le dijo—. Cuídate mucho.

Galahad la abrazó y ella, azorada, se puso a gesticular como una loca, indicándole que se marchara y se dejara de monsergas. Lo acompañó hasta la puerta y, después, volvió a la cocina a servirse una segunda taza de té. Al oír el ruido de los cascos del caballo alejándose por Hawthorne Crescent, cogió un Kleenex para enjugarse las lágrimas que rodaban por sus mejillas.

El miércoles, la señora Whitaker no salió de casa en todo el día.

El jueves, bajó a la oficina de correos a retirar su pensión. A la vuelta, se pasó por la tienda de Oxfam.

La mujer que estaba tras la caja registradora le era completamente desconocida.

—¿Dónde está Marie? —le preguntó la señora Whitaker.

La mujer, que tenía el cabello gris azulado y unas gafas de montura azul con adornos de strass, negó con la cabeza y se encogió de hombros.

—Se marchó con un joven —le dijo—. A caballo. *Tch.* ¿No es increíble? Se suponía que yo debía atender esta tarde la tienda de Heathfield. Pero tuve que pedirle a mi Johnny que me trajera hasta aquí, para sustituirla mientras encontramos a alguien.

—Oh —replicó la señora Whitaker—. Pues qué bien que haya encontrado novio.

—Lo dirá por ella, porque servidora debería estar en Heathfield esta tarde.

En una estantería casi al fondo de la tienda, la señora Whitaker encontró un viejo recipiente de plata con un largo pitorro. Según la etiqueta, su precio era de sesenta peniques. Parecía una tetera plana y alargada.

Cogió también una novela rosa. Se titulaba: *Amor impar*. Y con ellos, se fue hacia la caja.

—Son sesenta y cinco peniques —le dijo la mujer, mientras examinaba el objeto de plata—. Qué cachivache tan curioso, ¿verdad? Ha llegado esta misma mañana. Supongo que debe de ser una aceitera o algo así.

El asa tenía un diseño muy elegante y había unos caracteres chinos grabados en uno de sus lados.

—No, no es una aceitera —le dijo la señora Whitaker, que sabía perfectamente lo que era—. Es una lámpara.

Atado al asa con un cordel marrón, había un pequeño anillo completamente liso.

—Lo cierto es que —dijo la señora Whitaker— me lo he pensado mejor y creo que sólo me llevaré el libro.

Le dio a la mujer cinco peniques por la novela y volvió a dejar la lámpara donde la había encontrado, al fondo de la tienda. Al fin y al cabo, pensaba la señora Whitaker según regresaba a su casa, no tenía dónde ponerla.

EL PRECIO

Los nómadas y los vagabundos dejan símbolos en los pilares de los portones, en los árboles y en las puertas para avisar a sus compañeros de la clase de gente que vive en las casas y granjas por las que pasan en el curso de sus viajes. Yo creo que los gatos dejan también sus propios símbolos; ¿cómo se explica, si no, que durante el año aparezcan tantos gatos —hambrientos, llenos de pulgas y abandonados— a la puerta de nuestra casa?

Mi familia y yo los acogemos. Les quitamos las pulgas y las garrapatas, les damos de comer y los llevamos al veterinario. Les compramos las vacunas e, indignidad tras indignidad, los castramos o esterilizamos.

Los gatos se quedan con nosotros durante unos meses, un año, o para siempre.

La mayoría llegan en verano. Vivimos en el campo, pero lo suficientemente cerca de la ciudad como para que los urbanitas escojan los alrededores de nuestra casa para abandonar a sus gatos.

Nunca hemos tenido más de ocho a la vez y, raras veces, hemos tenido menos de tres. La población felina a fecha de hoy en mi casa es la siguiente: *Hermione* y *Pod*, atigrada y negra, respectivamente, son dos hermanas locas que residen en mi estudio del ático y nunca se relacionan; *Copodenieve*, un gato blanco de pelo largo y ojos azules, que vivió en el bosque durante años antes de abandonar la vida salvaje por la comodidad de los sofás y las camas; y, por último, la más grande, *Boladepelo*, una gata tricolor —naranja, negra y blanca— de pelo largo y esponjoso hija de *Copodenieve*, que encontré en nuestro garaje siendo todavía una diminuta cachorrilla, con el cuello atrapado en una vieja red de badmington, medio asfixiada y a punto de morir, y que nos sorprendió a todos no sólo porque sobrevivió, sino porque acabó convirtiéndose en el gato más bueno y más cariñoso que he conocido en mi vida.

Y luego está el gato negro, al que llamamos simplemente el *Gato Negro* y que llegó hará cosa de un mes. Al principio no nos dimos cuenta de que estaba viviendo aquí: parecía demasiado bien alimentado para ser un gato callejero y demasiado viejo y elegante para que alguien lo hubiera abandonado. Parecía una pantera en miniatura y se movía como si estuviera hecho de la misma sustancia que la noche.

Un día, este pasado verano, lo vimos merodeando por nuestro destartalado porche: calculamos que tendría unos ocho o nueve años, era un macho, tenía los ojos verdes con motas amarillas y se mostró muy sociable, aunque algo circunspecto. Di por supuesto que viviría en alguna de las fincas vecinas.

Estuve fuera varias semanas, terminando un libro y, cuando regresé, seguía en el porche, durmiendo en un viejo colchón para gatos que uno de los niños había colocado allí. Tenía un corte profundo debajo de un ojo y le habían arrancado un trozo de labio. Se lo veía cansado y flaco.

Llevamos al *Gato Negro* al veterinario, que le recetó una serie de antibióticos y nos dijo que se los mezcláramos con comida blanda cada noche.

Nos preguntábamos con quién se habría peleado. ¿Con *Copodenieve*, nuestra preciosa reina blanca y medio salvaje? ¿Con algún mapache? ¿Con una zarigüeya?

Cada día nos lo encontrábamos más maltrecho y con heridas más graves —una noche apareció con media cara destrozada—; la siguiente, con el vientre lleno de arañazos y sangrando.

Llegados a este punto, me lo llevé al sótano y lo acomodé entre la caldera y un montón de cajas para que pudiera descansar y recuperarse. Al cogerlo en brazos, descubrí que pesaba más de lo que parecía, pero me lo llevé al sótano, con una cesta para dormir y una caja de arena. Le puse también comida y agua, y cerré la puerta al salir para que no se escapara. Luego, tuve que lavarme las manos porque las tenía llenas de sangre.

Estuvo allí abajo cuatro días. Al principio, parecía demasiado débil para comer por sí solo: el corte que tenía debajo del ojo era tan profundo que prácticamente lo había dejado tuerto, andaba renqueando y sin apenas fuerza, y de la herida del labio brotaba un pus denso y amarillo.

Yo bajaba a verlo todos los días, una vez por la mañana y otra por la noche, le daba los antibióticos mezclados con la comida, le curaba un poco las heridas y le hablaba. Tenía diarrea y, aunque le cambiaba la arena a diario, el olor del sótano provocaba náuseas.

Esos cuatro días que tuvimos al *Gato Negro* en el sótano, no dejaron de suceder cosas malas en mi casa: la más pequeña se dio un golpe en la cabeza al resbalarse en la bañera y estuvo a punto de ahogarse; me enteré de que el proyecto en el que tenía puestas todas mis ilusiones —una adaptación de la novela *Entrebrumas*, de Hope

Mirrlees, para la BBC— había sido rechazado, y no me quedaban energías para empezar de nuevo e intentar vendérsela a otra cadena o a otra productora; mi hija se marchó a un campamento de verano y enseguida empezó a mandarnos un montón de cartas y postales —cinco o seis diarias— contándonos que lo estaba pasando fatal y suplicándonos que fuéramos a recogerla; mi hijo se peleó con su mejor amigo y dejaron incluso de hablarse; y una noche, al volver a casa, mi mujer atropelló a un ciervo que prácticamente se le había metido debajo de las ruedas. El ciervo murió, el coche quedó inservible y mi mujer se hizo un corte en la ceja.

Al cuarto día, el gato merodeaba por el sótano, con paso vacilante pero inquieto, entre las pilas de libros y cómics, las cajas llenas de cartas, cintas de casete, dibujos, regalos y trastos en general. Al verme, maullaba, como pidiendo que lo sacara de allí y, no sin cierta reticencia, al final le dejé salir.

Volvió al porche y pasó el resto del día allí, durmiendo.

A la mañana siguiente, tenía otra vez unos cortes profundos en los costados y había mechones de pelo negro —suyo— desperdigados por todo el suelo del porche.

Aquel día, recibimos una carta de nuestra hija en la que nos decía que las cosas habían mejorado y que creía que podría aguantar en el campamento unos días más; mi hijo y su amigo hicieron las paces, aunque nunca supimos cuál había sido el motivo de su pelea —cromos, juegos de ordenador, *La guerra de las galaxias*, o Una Chica—. El ejecutivo de la BBC que había vetado el proyecto de *Entrebrumas* fue despedido de manera fulminante porque se descubrió que había estado aceptando sobornos de una productora independiente (bueno, llamémosles «préstamos dudosos»): su sucesora, según supe al leer el fax que me envió, resultó ser la mujer que me había propuesto el proyecto justo antes de abandonar la BBC.

En un primer momento, pensé en volver a llevar al *Gato Negro* al sótano para que se recuperara de sus heridas, pero finalmente decidí no hacerlo. En lugar de ello, me propuse investigar qué clase de animal se acercaba cada noche a nuestra casa para poder poner en marcha un plan de acción: atraparlo, quizá.

En mi cumpleaños y en Navidad, mi familia me regala toda clase de cachivaches y artilugios, juguetes carísimos de los que me encapricho en un momento dado y que, al final, casi nunca llego a sacar de la caja. Tengo un aparato para deshidratar alimentos, un cuchillo eléctrico para trinchar carne, una panificadora y unos prismáticos especiales para ver en la oscuridad que me regalaron el año pasado. El día de Navidad, demasiado impaciente para esperar a que se hiciera de noche, les puse las pilas y bajé al sótano para probarlos. (En las instrucciones se especificaba que no había que dirigirlos hacia un foco de luz, pues los prismáticos podían sufrir algún daño y, seguramente, los ojos también.) Luego, los guardé de nuevo en su caja y no volví a usarlos; se quedaron en mi estudio, muertos de risa, junto con una caja llena de cables para el ordenador y otro montón de trastos que nunca utilizo.

A lo mejor, pensé, si el animal en cuestión —un perro, un gato, un mapache o lo que demonios sea— me ve sentado en el porche, no se acerca, así que metí una silla en el cuarto de los abrigos —una habitación no mucho más grande que un armario desde la que se puede ver el porche— y, cuando todo el mundo se fue a la cama, salí al porche a darle las buenas noches al *Gato Negro*.

La primera vez que lo vimos, mi mujer me dijo: «Ese gato *es* una persona». Y, en efecto, había algo en su enorme y leonina cara que recordaba vagamente a una persona: su ancha nariz negra, sus ojos verdes con motas amarillas, la amigable expresión de su boca (cuyo labio inferior seguía supurando).

Le acaricié la cabeza, le rasqué debajo de la barbilla y le desée buena suerte. Luego, entré en casa y apagué la luz del porche.

Me senté en la silla, con la casa a oscuras y los prismáticos especiales para ver en la oscuridad en el regazo. Los tenía encendidos y de las lentes salían unos tenues rayos de luz verde.

Pasó el tiempo y todo seguía a oscuras.

Probé a mirar por los prismáticos, aprendiendo a enfocar y a ver el mundo en distintas tonalidades de verde. Descubrí horrorizado la ingente cantidad de insectos que pululan por mi casa de noche: la noche parecía una especie de sopa infernal llena de vida. Al cabo de un rato, aparté los prismáticos de mis ojos y me quedé contemplando las sombras azules y negras de la noche; maravillosamente vacía, serena y apacible.

Pasó el tiempo. Me costaba mantenerme despierto y de pronto noté que me moría por un poco de café y un cigarrillo, mis dos adicciones ya superadas. Tanto una cosa como la otra me habrían ayudado a mantenerme despierto. Pero antes de que el sueño ganara definitivamente la batalla, un maullido en el jardín hizo que me despertara de un salto. Con mano torpe, me acerqué los prismáticos a los ojos y me llevé una gran decepción al ver que no era más que *Copodenieve*, el gato blanco, que pasó por el jardín como un rayo de luz blanquiverde y desapareció entre los árboles que hay a la izquierda de la casa.

Empezaba a quedarme dormido de nuevo cuando me dio por preguntarme qué sería lo que había asustado a *Copodenieve* de esa manera y me puse a observar los alrededores de la casa con los prismáticos, buscando un mapache gigante, un perro o una feroz zarigüeya. Y, en efecto, algo se acercaba por el camino de entrada. Lo vi perfectamente a través de los prismáticos, tan claro como si fuera de día.

Era el diablo.

Hasta ese momento, nunca había visto al Diablo y, aunque he escrito sobre él en alguna ocasión, debo confesar que no creo en su existencia, salvo como una figura imaginaria, trágica y Miltoniana. Pero la figura que venía por el camino de entrada no era el Lucifer de Milton. Era el Diablo.

Mi corazón empezó a latir con tal fuerza que me dolía el pecho. Albergaba la esperanza de que él no pudiera verme, de que con la casa a oscuras y tras el cristal de la ventana, me encontrara a salvo.

La silueta parpadeaba y cambiaba según avanzaba por el sendero. De pronto era negra, con forma de toro, como una especie de Minotauro, y luego, esbelta y femenina, a continuación, se transformaba en un gato lleno de cicatrices, un gigantesco gato montés de color pardo, con el rostro desfigurado por el odio.

Para llegar al porche hay que subir unos escalones, cuatro escalones blancos de madera que están pidiendo a gritos una mano de pintura (sabía que eran blancos, pero a través de mis prismáticos se veían verdes). Al llegar a ese punto, el Diablo se detuvo y gritó algo que no fui capaz de entender; fueron tres o cuatro palabras, pero en un lenguaje de aullidos que ya debía de ser una lengua muerta cuando se fundó Babilonia y, aunque no entendí lo que decía, al escucharlo noté que los pelos de la nuca se me erizaban.

Luego, algo amortiguado por el cristal que tenía delante pero aun así audible, oí un bufido ronco, un desafío y —despacio y con paso vacilante— una silueta negra bajó los cuatro escalones del porche y fue al encuentro del Diablo. Últimamente, el *Gato Negro* ya no se movía como una pantera, el pobre renqueaba y caminaba con paso inseguro, como un marinero recién llegado a tierra después de varios meses en alta mar.

En ese momento, el Diablo tenía forma de mujer. Le susurró algo al gato, con voz zalamera, en un idioma que sonaba como el francés, y alargó un brazo hacia él. El gato le hincó los dientes, y los labios de la mujer se contrajeron en una mueca de dolor y escupieron al gato.

Entonces, la mujer miró hacia donde yo estaba y, si en algún momento había llegado a dudar de si era realmente el Diablo, en aquel momento me convencí: los ojos de la mujer me lanzaron unas llamaradas de rojo fuego, aunque a través de los prismáticos no las vi rojas, sino verdes. Y el Diablo me vio, al otro lado del cristal. Me vio perfectamente. De eso no me cabe la menor duda.

El Diablo se dobló y se retorció, ahora era una especie de chacal, una criatura de cara plana, cuello de toro y gigantesca cabeza, una alimaña a medio camino entre la hiena y el dingo. Decenas de gusanos reptaban por su sarnoso pelaje cuando subió los escalones.

El *Gato Negro* se abalanzó sobre él y, en cuestión de segundos, rodaron por el suelo, retorciéndose y moviéndose a tal velocidad que mis ojos no podían captar sus movimientos.

Todo esto en silencio.

De pronto, se oyó una especie de traqueteo —por la carretera, al final del camino de entrada, pasó un camión; sus faros brillaban como dos soles verdes a través de mis prismáticos. Los aparté de mis ojos y ya no vi más que la oscuridad y el suave resplandor amarillo de los faros. Por fin, el rojo de sus luces traseras se perdió en la oscuridad.

Cuando volví a mirar por los prismáticos, no había nada que ver. Sólo el *Gato Negro*, que estaba en los escalones, con la mirada perdida en la distancia. Alcé un poco los prismáticos y vi algo que se alejaba volando —un buitre, quizás, o un águila— y desaparecía más allá del bosque.

Salí al porche, cogí al *Gato Negro* en mis brazos y lo acaricié, susurrándole palabras de agradecimiento y de consuelo. Maulló en tono lastimero cuando me acerqué, pero, al cabo de un rato, se quedó dormido en mi regazo. Lo dejé en su cesta y subí a acostarme, pues estaba rendido. A la mañana siguiente, vi que había manchas de sangre seca en mi camiseta y mis vaqueros.

Todo esto sucedió la semana pasada.

Eso que visita mi casa por las noches no viene todas las noches. Pero sí la mayoría: lo sabemos por las heridas del gato y el dolor que veo en sus leoninos ojos. Se ha quedado cojo de la pata delantera izquierda y su ojo derecho se ha cerrado para siempre.

Me pregunto qué habremos hecho para merecer al Gato Negro. Me pregunto quién lo habrá enviado. Y, egoísta y asustado, me pregunto cuánto tiempo más podrá resistir.

CÓMO HABLAR CON LAS CHICAS EN LAS FIESTAS

VENGA —dijo Vic—. Va a ser genial.

—No, no lo será —repliqué, aunque hacía horas que había perdido aquella batalla y lo sabía.

—Va a ser fantástico —insistió Vic, por enésima

vez—. ¡Chicas! ¡Chicas! ¡Chicas! —exclamó, sonriendo de oreja a oreja.

Ambos estudiábamos en un colegio masculino del sur de Londres. Mentiría si dijera que no teníamos experiencia en materia de chicas —Vic había tenido varias novias y yo había besado a tres amigas de mi hermana—, pero lo cierto es que hablábamos y nos relacionábamos principalmente con otros chicos, y nos resultaba más difícil entender a las chicas. O, por lo menos, a mí. Es difícil hablar en nombre de otra persona y llevo treinta años sin ver a Vic. No estoy seguro de si ahora sabría qué decirle.

Íbamos callejeando por el laberinto de calles secundarias que hay detrás de la estación de Croydon. Un amigo le había hablado a Vic de una fiesta que alguien había organizado para esa noche, Vic estaba decidido a ir y le daba igual si yo quería o no, que no quería. Pero mis padres tenían un congreso y estarían fuera toda la semana, de modo que Vic me había invitado a pasar esos días en su casa y yo iba con él a todas partes.

—Pasará lo de siempre —le dije—. En menos de una hora tú estarás dándote el palo con la chica más guapa de la fiesta y yo en la cocina, con la madre de alguien, aguantando un rollo tremendo sobre política, poesía, o algo por el estilo.

—Sólo tienes que hablar con ellas —me dijo—. Me parece que es en aquella calle de allí. —Y se puso a gesticular alegremente, balanceando la bolsa de plástico en la que llevaba la botella.

—¿No sabes dónde es?

—Alison me explicó cómo llegar y lo anoté en un papelito, pero me lo he dejado en la mesa del recibidor. Tranqui, tío. Fijo que la encuentro.

—¿Cómo? —Todavía era posible que no tuviera que ir a la dichosa fiesta.

—Seguimos la calle —me explicó, como si le estuviera hablando a un idiota— y vamos buscando una casa en la que haya una fiesta. Así de fácil.

Miré las casas por las que íbamos pasando, pero no veía ninguna fiesta: sólo un montón de casas con coches y bicicletas oxidadas en sus asfaltados jardines delanteros; y los polvorientos cristales de los kioscos de prensa, que olían a especias exóticas y vendían toda clase de cosas, desde tarjetas de cumpleaños y cómics de segunda mano hasta revistas pornográficas, tan pornográficas que venían envueltas en plástico. En cierta ocasión, vi a Vic meterse una de aquellas revistas bajo el jersey, pero el dueño de la tienda le pilló y le obligó a devolverla.

Llegamos hasta el final de la calle y torcimos por una callejuela de casas adosadas. Todo estaba en silencio y aparentemente deshabitado.

—Para ti es muy fácil —le dije—, tú les gustas. No te hace falta ni hablar con ellas.

Y era cierto: con aquella sonrisa aniñada, podía permitirse escoger a la que más le gustara.

—Qué va. Tú hazme caso: tienes que hablar con ellas.

No recordaba haber hablado con ninguna de las amigas de mi hermana a las que había besado. Simplemente, habíamos coincidido en casa mientras esperaban a que llegara mi hermana y, en un momento dado, las había besado. No recuerdo que hubiéramos charlado. Yo no sabía de qué hablar con una chica y así se lo expliqué a Vic.

—No son más que chicas —replicó él—. No vienen de otro planeta.

A medida que avanzábamos por la calle en curva, mis esperanzas de no encontrar la fiesta se fueron desvaneciendo: de una casa un poco más allá venía un sonido grave y trepidante, música amortiguada por muros y puertas. Eran las ocho ya, algo tarde si no tienes dieciséis años, y nosotros aún no los teníamos. Todavía no.

A mis padres les gustaba saber dónde andaba su hijo, pero no creo que a los padres de Vic eso les preocupara demasiado. Era el menor de cinco hermanos. Sólo ese hecho ya me parecía mágico: yo sólo tenía dos hermanas, ambas menores que yo, y me sentía al mismo tiempo único y solo. Siempre había deseado tener un hermano. Cuando cumplí los trece, dejé de pedir deseos a las estrellas fugaces, pero hasta ese momento, siempre deseaba un hermano.

Entramos por el jardín, pasamos por delante de un seto y de un solitario rosal y llegamos a la casa. Llamamos al timbre y una chica salió a abrirnos la puerta. No habría sabido decir qué edad tenía y ésa era, precisamente, una de las cosas que detestaba de las chicas: de pequeños, no somos más que niños y niñas, y crecemos a la misma velocidad, todos vamos cumpliendo cinco, siete u once años. Y, de repente, un buen día la cosa se acelera y las chicas nos dejan atrás, de pronto, saben todo lo que hay que saber, les baja la regla, les salen pechos y empiezan a maquillarse y Dios-sabe-que-más —yo, desde luego, no tenía ni idea—. Los gráficos del libro de biología no servían de mucho a la hora de enfrentarse a una joven adulta de carne y hueso. Porque eso es lo que eran las chicas de nuestra edad.

—¿Sí? —nos dijo la chica.

—Somos amigos de Alison —dijo Vic.

Habíamos conocido a Alison —toda pecas, con el cabello naranja y una sonrisa perversa— en Hamburgo, en un intercambio con estudiantes alemanes. Los que organizaban el intercambio enviaron con nosotros a unas cuantas chicas de un colegio de la zona, para equilibrar la cosa de los sexos. Las chicas, que tenían más o menos la misma edad que nosotros, eran escandalosas y divertidas, y salían con chicos mayores que tenían coche y trabajo y moto y —en el caso de una chica con los dientes torcidos y un abrigo de mapache, que me lo confesó muy afligida al final de la fiesta en Hamburgo, cómo no, en la cocina— esposa e hijos.

—Pues no está aquí —dijo la chica que había salido a abrirnos la puerta—. Aquí no hay ninguna Alison.

—No importa —dijo Vic, con una de sus deslumbrantes sonrisas—. Me llamo Vic. Y éste es Enn. —Un segundo, y la chica le sonrió. Vic llevaba en la bolsa de plástico una botella de vino blanco que había cogido del botellero que sus padres tenían en la cocina—. ¿Dónde dejo esto?

La chica se hizo a un lado para dejarnos pasar.

—La cocina está al fondo —dijo—. Déjala allí, en la mesa, con las demás botellas.

Tenía el cabello rubio y ondulado, y era muy guapa. El recibidor estaba algo oscuro, pero pude ver que era preciosa.

—Por cierto, ¿cómo te llamas? —le preguntó Vic.

Ella le dijo que se llamaba Stella y Vic le sonrió y le dijo que debía de ser el nombre más bonito que había oído nunca. Un donjuán, el cabrón. Y lo peor de todo era que sonaba sincero.

Vic fue a la cocina a dejar la botella y yo eché un vistazo a la habitación de donde venía la música. Había gente bailando. Stella entró y se puso a bailar, moviéndose por su cuenta al ritmo de la música, y yo me quedé mirándola.

Eran los primeros tiempos del punk. Nosotros escuchábamos a los Adverts y a los Jam, a los Stranglers, los Clash y los Sex Pistols. Aunque en las fiestas, la gente ponía a la ELO, o a 10cc o, incluso, a Roxy Music. Y quizá, con un poco de suerte, algo de Bowie. Durante el intercambio, el único LP sobre el que logramos ponernos todos de acuerdo fue el *Harvest*, de Neil Young, y «Heart of Gold» fue como la banda sonora de aquel viaje: *I crossed the ocean for a heart of gold...*[16]

No logré identificar qué música estaba sonando en aquella habitación. Me recordaba por un lado a un grupo alemán llamado Kraftwerk que hacía pop electrónico y, por otro, a un LP que me habían regalado en mi último cumpleaños, unos extraños sonidos grabados por el Taller Radiofónico de la BBC. Pero la música tenía ritmo y la media docena de chicas que había en la habitación se

16. «Crucé el océano por un corazón de oro…»

movían con gracia, aunque yo sólo tenía ojos para Stella. Resplandecía.

Vic me empujó y entró en la habitación. Llevaba una lata de cerveza.

—Hay *priva* en la cocina —me informó.

Se acercó a Stella y se puso a charlar con ella. La música no me dejaba escuchar lo que decían, pero sabía perfectamente que no había sitio para mí en aquella conversación.

A mí no me gustaba la cerveza, por aquel entonces. Fui a la cocina a ver si había alguna otra cosa que me apeteciera beber. Sobre la mesa de la cocina había una botella grande de Coca-Cola y me serví un vaso. No me atreví a entrarles a las dos chicas que estaban charlando en la cocina. Parecían simpáticas y no estaban nada mal. Las dos tenían la piel muy negra y el cabello brillante, e iban vestidas como estrellas de cine. Tenían acento extranjero y con ninguna de las dos habría tenido la menor oportunidad.

Con mi vaso en la mano, me di una vuelta por la casa.

Era más grande de lo que parecía y la distribución era más compleja de lo que esperaba. Todas las habitaciones tenían una luz muy tenue —dudo que en aquella casa hubiera alguna bombilla de más de cuarenta vatios— y en todas las habitaciones en las que entraba había gente: que yo recuerde, sólo chicas. No llegué a subir al piso de arriba.

En el invernadero sólo había una chica. Su cabello era tan rubio que parecía blanco, lo llevaba largo y liso, y estaba sentada en la mesa de cristal, con las manos entrelazadas, contemplando el jardín. Tenía una expresión melancólica.

—¿Te importa si me siento aquí? —le pregunté.

Ella negó con la cabeza y, a continuación, se encogió de hombros para indicarme que le daba lo mismo. Me senté.

Vic pasó por delante de la puerta del invernadero. Iba hablando con Stella, pero me miró y me vio allí sentado, muerto de vergüenza, incómodo, y me hizo un gesto abriendo y cerrando la mano como si fuera una boca. *Habla*. Vale.

—¿Vives por aquí? —le pregunté a la chica.

Ella negó con la cabeza. Llevaba un top plateado y traté de no mirarle descaradamente las tetas.

—Me llamo Enn, ¿y tú?

—Wain's Wain —respondió, o algo parecido—. Soy una segunda.

—Es un nombre... diferente.

Ella me miró con sus ojos inmensos y líquidos.

—Quiere decir que mi progenitora también se llama Wain y que estoy en la obligación de informarla. No puedo procrear.

—Ah. Vaya. Aún es un poco pronto para pensar en eso, ¿no?

La chica separó las manos, las extendió sobre la mesa y me dijo:

—¿Ves? —Tenía torcido el dedo meñique de la mano izquierda y se bifurcaba en la punta, dividiéndose en dos yemas. Una pequeña malformación—. Una vez terminada, había que tomar una decisión: quedarse conmigo o eliminarme. Afortunadamente, decidieron a mi favor. Ahora viajo mientras mis hermanas más perfectas permanecen estáticas en casa. Ellas son primeras. Yo soy una segunda.

»Dentro de poco tendré que volver a Wain para informarle de todo lo que he visto y comunicarle mis impresiones sobre este lugar.

—La verdad es que yo tampoco vivo en Croydon —le dije—. No soy de aquí.

Me pregunté si sería americana. No tenía ni idea de lo que me estaba hablando.

—Como tú dices, ninguno de los dos somos de aquí —dijo, y colocó su mano izquierda bajo la derecha, como si quisiera ocultarla—. Yo esperaba que fuera más grande y más limpio, y con más colores. Pero, en cualquier caso, sigue siendo una joya.

La chica bostezó, tapándose la boca con la mano derecha, pero fue sólo un segundo, enseguida volvió a ponerla sobre la mesa.

—Empiezo a estar un poco cansada del viaje, a veces me gustaría que se acabara ya. En una calle de Río, durante el Carnaval, las vi sobre un puente, doradas y altas y con ojos y alas de insecto, me puse tan contenta que estuve a punto de salir corriendo para acercarme a saludarlas, pero luego me di cuenta de que se trataba de gente disfrazada. Le pregunté a Hola Colt: «¿Y por qué ponen tanto empeño en parecerse a nosotras?», y Hola Colt me respondió: «Porque se odian a sí mismos, con sus aburridos tonos rosas y marrones, y su pequeñez». Yo también tengo esa impresión y eso que no soy adulta. Es como un mundo de niños, o de enanos —entonces, sonrió y dijo—: Me alegro de que ninguno de ellos pudiera ver a Hola Colt.

—Eeh... ¿Quieres bailar?

Ella se apresuró a negar con la cabeza.

—No me está permitido —me explicó—. No puedo hacer nada que pueda provocar un daño a la propiedad. Soy de Wain.

—¿Te apetece beber algo, entonces?

—Agua —respondió.

Volví a la cocina, me serví otro vaso de Coca-Cola y fui a coger agua del grifo. Luego, volví con las bebidas al invernadero, pero allí ya no había nadie.

Me pregunté si habría tenido que ir al lavabo y si cambiaría de opinión sobre lo del baile. Fui a la habitación donde estaba puesta la música y miré a ver si estaba allí. La habitación estaba abarrotada. Se habían puesto a bailar unas cuantas chicas más y también había algunos chicos a los que no conocía, parecían mayores que Vic y yo. Los chicos y las chicas mantenían las distancias, pero Vic bailaba cogido de la mano de Stella y, cuando terminó la canción, le pasó un brazo por los hombros, como quien no quiere la cosa, como si no quisiese que nadie se metiera por medio.

Pensé que igual la chica del invernadero había subido al piso de arriba, porque no la veía por ninguna parte.

Entré en el salón, que estaba al otro lado del recibidor, y me senté en el sofá. Había una chica sentada allí. Tenía el cabello oscuro, corto y de punta, y una actitud algo nerviosa.

«Habla», pensé.

—Me sobra un vaso de agua —le dije—, ¿lo quieres?

La chica asintió, alargó la mano y cogió el vaso con mucho cuidado, como si no tuviera costumbre de coger cosas, como si no pudiera confiar en su vista ni en sus manos.

—Me encanta ser una turista —dijo, y sonrió tímidamente. Tenía los incisivos algo separados y bebía el agua a sorbos, como un adulto al beber un buen vino—. En el viaje anterior fuimos al sol y nos bañamos en los mares de fuego con las ballenas. Nos contaron muchas cosas y tiritamos de frío en las regiones exteriores, luego buceamos hasta la parte más caliente y fue una gozada.

»Yo quería volver allí esta vez. Me quedaron muchas cosas por ver. Pero al final vinimos al mundo. ¿Te gusta?

—Gustarme, ¿qué?

Ella hizo un gesto señalando toda la habitación: el sofá, los sillones, las cortinas, la chimenea de gas.

—Sí, supongo que no está mal.

—Les dije que no quería viajar al mundo —me explicó—. Mi madre-profesora no me hizo caso. «Allí aprenderás muchas cosas», me dijo. Y yo le dije: «Me queda mucho que aprender en el sol. O en las profundidades. Jessa tejió redes entre galaxias. Yo quiero hacer eso».

»Pero no hubo manera de convencerla y al final tuve que venir al mundo. Mi madre-profesora me envolvió y me dejó aquí, encarnada en un trozo de carne putrefacta colocada sobre un bastidor de calcio. Al encarnarme sentí cosas dentro de mí, cosas que vibraban y latían y fluían. Era la primera vez que soltaba aire por la boca, haciendo vibrar las cuerdas vocales, y solía decirle a madre-profesora que ojalá me muriera, y ella admitió que esa era la forma inevitable de salir del mundo.

Llevaba una pulsera de cuentas negras en la muñeca y jugaba con ellas mientras hablaba.

—Pero ahí es donde está el conocimiento, en la carne —dijo—, y estoy decidida a aprender de ella.

Estábamos ahora muy cerca el uno del otro, en el centro del sofá. Decidí que le pasaría el brazo por los hombros, como quien no quiere la cosa. Extendería el brazo sobre el respaldo del sofá y, después, lo bajaría muy suavemente hasta dejarlo sobre sus hombros.

—¿Sabes cuando se te llenan los ojos de líquido y todo se vuelve borroso? Nadie me había hablado de ello y sigo sin entenderlo. He tocado los pliegues del Susurro y he palpitado y fluido con los cisnes tachyon y, aun así, sigo sin entenderlo.

No era la chica más guapa de la fiesta, pero estaba bastante bien y, qué demonios: era una chica. Deslicé suavemente mi brazo hasta que tocó su espalda, a ver qué pasaba, y ella no me pidió que lo retirara.

Entonces, Vic me llamó desde la puerta. Su brazo

rodeaba los hombros de Stella y me hizo un gesto con la mano para indicarme que me acercara. Intenté hacerle ver que estaba ocupado diciéndole que no con la cabeza, pero me llamó en voz alta y, no sin cierta reticencia, me levanté del sofá y fui hacia la puerta.

—¿Qué?

—Esto… Verás. La fiesta —me dijo Vic, en tono de disculpa—. No es la fiesta que yo creí que era. He estado charlando con Stella y, entonces, me he dado cuenta. En fin, más o menos, ha sido ella la que me lo ha explicado. No es la fiesta que íbamos buscando.

—Mierda. ¿Hay algún problema? ¿Tenemos que marcharnos?

Stella dijo que no con la cabeza. Vic se inclinó y la besó, suavemente, en los labios.

—Estás encantada de tenerme aquí, ¿verdad, preciosa?

—Ya sabes que sí —contestó ella.

Vic me miró y sonrió con aquella sonrisa canalla y adorable que estaba a medio camino entre Artful Dodger[17] y un Príncipe Azul espabilado.

—No te preocupes. Están aquí de vacaciones. Es una especie de intercambio, ¿verdad? Como cuando nosotros fuimos a Alemania.

—¿Ah, sí?

—Enn. Tienes que hablar con ellas. Y eso implica que tienes que escucharlas también. ¿Lo entiendes?

—Eso es lo que estoy haciendo. Ya he hablado con dos de ellas.

—¿Y has hecho algún avance?

17. *Artful Dodger* es el mote de Jack Dawkins, el cabecilla de los ladronzuelos que trabajan para Fagin en *Oliver Twist*.

—Estaba en ello cuando me has llamado.

—Siento haberte interrumpido. Sólo quería ponerte al corriente, ¿vale?

Vic me palmeó el hombro y se marchó con Stella. Entonces, los dos juntos, subieron por las escaleras.

Entendedme, todas aquellas chicas parecían preciosas con aquella luz del atardecer; sus caras eran perfectas, pero tenían algo mucho más interesante, había algo extraño en sus proporciones, algo peculiar y extrañamente humano que es lo que distingue a una verdadera belleza de un maniquí. Stella era la más guapa de todas, pero, naturalmente, ella estaba con Vic. Habían subido arriba los dos juntos y así es como serían siempre las cosas.

Había varias personas sentadas ahora en el sofá, hablando con la chica de los dientes separados. Alguien contó un chiste y todos se rieron. Habría tenido que abrirme paso a empujones para volver a sentarme a su lado y no parecía que ella me estuviera esperando, ni siquiera parecía haberse dado cuenta de que me había levantado, así que salí al recibidor. Me asomé a mirar a los que estaban bailando y, de repente, me pregunté de dónde vendría la música. No veía ningún tocadiscos, ni tampoco los altavoces.

Volví a la cocina.

Las cocinas son perfectas para las fiestas. No necesitas una excusa para estar allí y, por suerte, nada indicaba que hubiera ninguna madre en la casa. Examiné las distintas botellas y latas que había sobre la mesa de la cocina, y decidí ponerme un Pernod con Coca-Cola. Añadí un par de cubitos de hielo y lo probé, paladeando el sabor a golosina de mi cubata.

—¿Qué es eso que bebes? —preguntó una voz femenina.

—Es Pernod —respondí—. Sabe a anís, pero tiene alcohol.

No le dije que me había decidido a probarlo porque en un disco grabado en vivo de la Velvet Underground se oía a alguien pedir un Pernod.

—¿Puedo tomar uno?

Le preparé otro Pernod con Coca-Cola y se lo pasé. Tenía el cabello de color castaño caoba, muy rizado y alborotado. No es un peinado que esté de moda ahora, pero en aquella época se veía mucho.

—¿Cómo te llamas? —le pregunté.

—Triolet —respondió.

—Bonito nombre —le dije, aunque no estaba muy seguro de que me lo pareciera. Pero era muy guapa.

—Es un tipo de poema —me explicó muy orgullosa—. Como yo.

—¿Eres un poema?

La chica sonrió y bajó la mirada, como si le diera vergüenza. Tenía un perfil casi completamente recto, con una nariz perfectamente griega. El año anterior habíamos interpretado *Antígona* con el grupo de teatro del colegio. Yo interpretaba al mensajero que le comunica a Creonte la noticia de la muerte de Antígona. Llevábamos unas máscaras que tenían esa misma nariz. Al ver su cara, en la cocina, me acordé de aquella obra. También me recordaba a los dibujos de las mujeres de *Conan*, de Barry Smith: cinco años más tarde, me habría recordado a los prerafaelitas, a Jane Morris y a Lizzie Siddall. Pero en aquel entonces sólo tenía quince años.

—¿Eres un poema? —le pregunté de nuevo.

La chica se mordió el labio inferior.

—Si quieres verlo así. Soy un poema, o un esquema, o de una raza cuyo mundo fue engullido por el mar.

—¿No es difícil ser tres cosas al mismo tiempo?

—¿Cómo te llamas?

—Enn.

—Así que eres Enn —dijo—. Eres un macho y eres un bípedo. ¿No es difícil ser tres cosas al mismo tiempo?

—Pero esas tres cosas no son diferentes. Quiero decir que no son contradictorias.

Había leído aquella palabra muchas veces, pero esa noche era la primera vez que la pronunciaba y puse el acento donde no debía. Con*tra*dictorias.[18]

Llevaba un vestido blanco de seda fina. Sus ojos eran de color verde pálido, un color que ahora me haría sospechar que llevaba lentillas coloreadas; pero esto fue hace treinta años y las cosas eran diferentes entonces. Recuerdo que me pregunté qué estarían haciendo Vic y Stella en el piso de arriba. A esas alturas, seguro que estaban en alguno de los dormitorios, y sentí tanta envidia de Vic que casi me dolía.

Pero yo al menos estaba hablando con una chica, aunque aquello pareciera un diálogo de besugos, incluso aunque no se llamara Triolet (los de mi generación no teníamos nombres hippies; todas las Arco iris, Lluvias y Lunas tenían seis, siete u ocho años todavía). La chica dijo:

—Sabíamos que pronto se acabaría todo, así que lo pusimos todo en un poema, para contarle al resto del Universo quiénes éramos y por qué estábamos aquí, y explicarle cuáles habían sido nuestros pensamientos, sueños y anhelos. Plasmamos nuestros sueños en palabras y las ordenamos según un determinado esquema para que se mantuvieran siempre vivas, para que nunca fueran olvidadas. Después, las enviamos al corazón de

18. En inglés no se usa la tilde para indicar cuál es la sílaba tónica y, por lo tanto, es fácil equivocarse al pronunciar una palabra sin estar previamente familiarizado con su pronunciación.

una estrella, que transmite el mensaje a todo el espectro electromagnético, a la espera de que, un día, algún planeta a mil sistemas solares de distancia, capte y decodifique el mensaje, y pueda así leer nuestro poema.

—¿Y qué pasó después?

La chica me miró con sus verdes ojos, parecía como si me mirara desde detrás de su propia máscara de Antígona, como si sus ojos de color verde pálido fueran un elemento independiente de la máscara, situado en algún lugar más profundo.

—No puedes leer un poema sin que te cambie de alguna manera —me dijo—. Ellos lo escucharon y el poema les colonizó. Anidó en su interior y sus ritmos se integraron en su manera de pensar; las imágenes transformaron sus metáforas; los versos, con la actitud y las aspiraciones que llevaban implícitas, se convirtieron en su vida. La próxima generación de niños nacería conociendo el poema y, al poco tiempo, dejaron de nacer niños. No eran necesarios, ya no. Sólo quedaba un poema, que se encarnaba y caminaba y se propagaba por todo el mundo conocido.

Me arrimé más a ella, hasta que noté su pierna contra la mía. No pareció disgustarla: me puso la mano en el brazo, con cariño, y sentí que una sonrisa afloraba a mis labios.

—Hay lugares en los que somos bien recibidos —dijo Triolet—, y lugares en los que nos consideran una mala hierba, o una enfermedad, algo que hay que poner en cuarentena y eliminar de forma inmediata. Pero ¿dónde está la frontera entre el contagio y el arte?

—No lo sé —respondí, sonriendo.

En la otra habitación, seguía sonando aquella desconocida música.

Triolet se inclinó hacia mí y, supongo que fue un

beso... Supongo. En cualquier caso, apretó sus labios contra los míos y, después, satisfecha, se apartó, como si ya me hubiera puesto su sello.

—¿Quieres que te lo recite? —me preguntó, y yo asentí con la cabeza, sin saber muy bien qué era exactamente lo que me estaba ofreciendo, pero convencido de que yo necesitaba cualquier cosa que ella quisiera darme.

Comenzó a susurrarme algo al oído. Eso es lo más extraño de la poesía: la reconoces como tal aunque no conozcas el idioma. Escuchas a Homero en griego y, aun sin entender una sola palabra, sabes que es poesía. He escuchado poemas en polaco y en esquimal, y sabía que eran poemas aun sin tener la más mínima noción de ninguna de esas dos lenguas. Con su susurro me pasaba lo mismo. No conocía aquella lengua, pero las palabras iban calando en mí y, mentalmente, veía torres de cristal y diamante; y seres de ojos color verde pálido; y, bajo cada una de las sílabas, podía sentir el inexorable avance del océano.

Puede que la besara de verdad. No lo recuerdo. Sólo recuerdo que yo lo deseaba.

Y, después, noté que Vic me sacudía violentamente.

—¡Vuelve! —gritaba—. ¡Rápido! ¡Vuelve!

Mentalmente, empecé a regresar desde algún lugar a mil kilómetros de allí.

—Venga ya, idiota. Vuelve. Haz un movimiento, aunque sea —decía, y me insultaba. Hablaba con verdadera furia.

Por primera vez en toda la noche, reconocí la canción que estaba sonando en la otra habitación. Un melancólico saxofón seguido de unos acordes líquidos y una voz masculina que cantaba a los hijos de la era silenciosa. Quería quedarme a escuchar la canción.

Ella dijo:

—No he terminado todavía. Aún queda más de mí.

—Lo siento, preciosa —dijo Vic, pero ya no sonreía—, quizás en otro momento.

Vic me agarró por el codo y forcejeó conmigo para obligarme a salir de la habitación. No opuse resistencia. Sabía por experiencia que, si a Vic se le había metido en la cabeza que tenía que salir de allí, me sacaría aunque fuera a golpes. No lo haría a menos que estuviera enfadado, pero ahora estaba muy enfadado.

Salimos al recibidor. Mientras Vic abría la puerta, me volví a echar un último vistazo, esperando ver a Triolet en la puerta de la cocina, pero ella no estaba allí. Sí vi a Stella, en cambio, en lo alto de la escalera. Estaba mirando a Vic y vi su cara.

Todo esto sucedió hace treinta años. He olvidado muchas cosas y seguramente seguiré olvidando, y llegará un día en que no recuerde absolutamente nada; sin embargo, si alguna certeza tengo de que existe vida después de la muerte, no está plasmada en salmos ni en himnos, sino en esta única cosa: no puedo creer que me sea posible olvidar jamás aquel preciso instante, o aquella expresión en el rostro de Stella mientras veía a Vic huir de ella como alma que lleva el diablo. Eso lo recordaré incluso después de muerto.

Llevaba la ropa manga por hombro y se le había corrido el maquillaje, y sus ojos...

Sería terrible hacer enfadar a un universo. Estoy completamente seguro de que un universo enfadado miraría con esos mismos ojos.

Vic y yo salimos de allí corriendo, huyendo de aquella fiesta y de aquellas extrañas turistas. Corríamos como si todos los demonios del infierno fueran pisándonos los talones, atravesando el laberinto de calles como un rayo, sin mirar atrás. No dejamos de correr hasta que nos faltó el aliento. Entonces, nos detuvimos, jadeando, incapaces de dar un solo paso más. Estábamos destrozados. Yo me recosté contra un muro y Vic echó hasta la primera papilla.

Se limpió la boca.

—Ella no era...

Negó con la cabeza y continuó:

—¿Sabes?... Estoy pensando una cosa. Una vez que has llegado tan lejos como puedes llegar, si vas más allá, ¿dejarías de ser tú? ¿Serías la persona que ha hecho *eso*? El punto hasta el que no puedes llegar... Creo que eso es exactamente lo que me ha pasado esta noche.

Creí entender a qué se refería.

—¿Quieres decir que te la has tirado? —le pregunté.

Me puso los nudillos en la sien y giró la mano, apretando con fuerza. Pensé que iba a tener que pegarme con él —y perder— pero, de repente, Vic bajó la mano y se apartó de mí, tragando saliva.

Le miré, intrigado y entonces me di cuenta de que estaba llorando: se puso completamente rojo y la cara se le llenó de lágrimas y de mocos. Vic se puso a llorar en plena calle de forma tan espontánea y conmovedora como un niño pequeño. Entonces, echó a correr hasta haberse alejado lo suficiente como para que yo no pudiera verle la cara. Me pregunté qué habría ocurrido en aquella habitación del piso de arriba para que Vic se comportara ahora de esa manera, qué podía haberle asustado hasta ese punto. No era capaz siquiera de imaginarlo.

Las luces de la calle empezaron a encenderse una por una. Vic siguió adelante, arrastrando los pies, y yo le seguí como pude. Era casi de noche y mis pies parecían moverse al ritmo de un poema que, por más que lo intentaba, no lograba recordar, y que jamás podré recitar a nadie.

EL PÁJARO DEL SOL

EN AQUELLOS tiempos, los socios del Club Epicúreo eran un grupo bullicioso y parrandero. Desde luego, sabían cómo divertirse. El club estaba constituido por cinco socios:

Estaba Augustus DosPlumas McCoy; que era tan grande como tres hombres, comía como cuatro y bebía como cinco. Fue precisamente su bisabuelo quien fundó el Club Epicúreo con el dinero recaudado por medio de una tontina que planeó y gestionó con gran esmero para asegurarse de que no se le escapara ni un solo penique.

También estaba el profesor Mandalay; un tipo pequeño, nervioso y gris como un fantasma (e incluso puede que fuera un fantasma; cosas más raras se han visto), que no bebía más que agua y comía como un pajarito de platos tan grandes como platillos volantes. Sin embargo, el entusiasmo no es imprescindible en un buen gastrónomo y Mandalay siempre llegaba al corazón de cada plato.

Luego estaba Virginia Boote, crítica gastronómica y de restaurantes, que fue una mujer de extraordinaria belleza en el pasado, y que ahora no era más que una distinguida y esplendorosa ruina (de lo cual, además, presumía sin complejo alguno).

Y también Jackie Newhouse, descendiente (por la rama menos agraciada) del gran amante, violinista y duelista Giacomo Casanova. Al igual que su célebre antepasado, Jackie Newhouse podía presumir de haber roto muchos corazones y de haber degustado toda clase de exquisiteces a lo largo de su vida.

Finalmente, estaba Zebediah T. Crawcrustle, que era el único Epicúreo que no tenía dónde caerse muerto: llegaba a las reuniones del club arrastrando los pies y sin afeitar, con media botella de matarratas envuelta en una bolsa de papel marrón, sin sombrero, sin abrigo y, muy a menudo, con la camisa desabrochada y por fuera del pantalón. Pero, sin duda, comía con más apetito que cualquiera de sus colegas.

Era Augustus DosPlumas McCoy quien hacía uso de la palabra ahora:

—Hemos comido ya todo lo comestible —anunció pesaroso Augustus DosPlumas McCoy—. Hemos comido buitre, topo y murciélago de Samoa.

Mandalay consultó sus notas.

—El buitre tenía un resabio como de faisán rancio. El topo sabía a babosa putrefacta. El sabor del murciélago de Samoa recordaba mucho al de la cobaya.

—Hemos comido kakapo, aye-aye y panda gigante...

—Oh, sí, recuerdo aquel delicioso entrecot de panda a la parrilla —suspiró Virginia Boote. Se le hacía la boca agua con sólo recordarlo.

—Incluso hemos comido varios animales que llevan ya mucho tiempo extinguidos —continuó Augustus DosPlumas McCoy—, como el mamut ultracongelado y el perezoso gigante de la Patagonia.

—Es una pena que no pudiéramos conseguir el mamut un poco antes —suspiró Jackie Newhouse—. Ahora ya sé por qué aquellos elefantes peludos se extinguieron tan pronto después de haber sido catados por el paladar humano. Soy un hombre de gustos muy refinados, pero nada más hincarle el diente no pude dejar de pensar en la salsa barbacoa de Kansas City y en el sabor que tendrían las costillas de aquel animal de haber estado aún fresco.

—No es que me importe comer carne congelada desde hace mil o dos mil años —dijo Zebediah T. Crawcrustle, y sonrió de oreja a oreja. Sus dientes, aunque torcidos, eran fuertes y muy eficaces—, pero para saber lo que es bueno de verdad hay que probar el mastodonte. El mamut no era más que la alternativa con la que había que conformarse cuando no se podía conseguir un buen mastodonte.

—Hemos comido calamar, calamar gigante y calamar

megagigante —siguió enumerando Augustus DosPlumas McCoy—. También hemos catado el lemming y el tigre de Tasmania; tilonorrinco, hortelano y pavo real; lampuga, tortuga gigante de agua salada y rinoceronte de Sumatra. Hemos comido ya todo lo comestible.

—Tonterías. Hay cientos de especies que no hemos probado todavía —afirmó el profesor Mandalay—. Quizá miles. Pensad en todas la especies de escarabajos que existen en el mundo y que no hemos degustado aún.

—Oh, Mandy —suspiró Virginia Boote—. Una vez que has probado un escarabajo, los has probado todos. Y todos nosotros hemos comido ya escarabajos de diversas especies. Aunque el escarabajo pelotero tenía un sabor francamente delicioso.

—No —corrigió Jackie Newhouse—, lo delicioso eran las bolas del escarabajo pelotero. El escarabajo en sí no era nada del otro mundo. Sin embargo, estoy de acuerdo contigo. Hemos escalado las cimas más altas de la gastronomía y hemos sondeado sus simas más profundas. Somos unos verdaderos cosmonautas de la gastronomía y hemos explorado todo un mundo de glotonería y de placer que la mayoría no se atrevería siquiera a imaginar.

—Cierto, muy cierto —admitió Augustus Dos-Plumas McCoy—. Los Epicúreos nos reunimos cada mes desde hace más de ciento cincuenta años; mi padre presidió el club antes que yo y, antes que mi padre, mi abuelo y, por supuesto, también mi bisabuelo. Pero mucho me temo que ha llegado el momento de suspender nuestras reuniones sine die, pues no queda ya nada que nosotros o nuestros predecesores no hayamos comido ya.

—Ojalá hubiera podido asistir a las reuniones del club en los años veinte —dijo Virginia Boote—, cuando la ley aún permitía incluir la carne humana en el menú.

—Únicamente después de la electrocución —puntualizó Zebediah T. Crawcrustle—. Venía ya a medio freír: tostadita y crujiente. Ninguno de nosotros le encontró el menor parecido con la carne de un cerdo largo;[19] excepto un tipo que estaba ya predispuesto y que abandonó el club poco después, si mal no recuerdo.

—Oh, Crusty, ¿por qué te empeñas en hacernos creer que ya eras miembro del club en aquellos tiempos? —preguntó, bostezando, Virginia Boote—. Hasta un ciego vería que no eres tan viejo. No puedes tener más de sesenta años, y eso teniendo en cuenta los estragos que el tiempo y la glotonería hayan podido hacer en tu cuerpo.

—Sí, ambas cosas han causado verdaderos estragos en mi persona —admitió Zebediah T. Crawcrustle—, aun-

19. Cerdo largo: término usado con frecuencia en textos de la historia culinaria para referirse a la carne humana.

que no tantos como tú crees. Pero, volviendo al tema que nos ocupa, hay montones de cosas que todavía no hemos comido.

—A ver, nombra una —le desafió Mandalay, preparado para anotar en su cuaderno cualquier sugerencia.

—Pues, por ejemplo, el Pájaro del Sol de la Ciudad del Sol —replicó sin vacilar Zebediah T. Crawcrustle. Y sonrió, mostrando una vez más sus torcidos pero bien afilados dientes.

—En mi vida he oído hablar de semejante ave —afirmó Jackie Newhouse—. Te lo acabas de inventar.

—Yo sí que lo he oído mencionar —dijo el profesor Mandalay—, pero en un contexto diferente. Y, además, es sólo un mito.

—Los unicornios son un mito —terció Virginia Boote—, pero ¿os acordáis de aquel *tartar* de falda de unicornio? Mmm... era una auténtica delicia. Recordaba un poco a la carne de caballo, aunque se parecía más al cabrito y, desde luego, las alcaparras y los huevos crudos de codorniz le daban un toque absolutamente sublime.

—Creo haber leído algo sobre un Pájaro del Sol en alguna de las antiguas minutas del Club Epicúreo —dijo entonces Augustus DosPlumas McCoy—, pero ya no recuerdo exactamente lo que era.

—¿Describían cómo era su sabor? —preguntó Virginia.

—Pues creo recordar que no —dijo Augustus, con el ceño fruncido—, pero no puedo afirmarlo con seguridad sin antes consultar los anales del club, claro está.

—Imposible —replicó Zebediah T. Crawcrustle—. Debe de estar en los volúmenes quemados, no encontrarás nada.

Augustus DosPlumas McCoy se rascó la cabeza. Era verdad que tenía dos plumas; se recogía el negro cabello salpicado de canas en una coleta y prendía en ella las plumas —que originalmente habían sido doradas pero, con el tiempo, habían ido amarilleando y despeluchándose. Se las habían regalado cuando era niño.

—Escarabajos —dijo el profesor Mandalay—. Un día me puse a echar cuentas y calculé que, si un hombre (yo, por ejemplo) probara cada día seis especies distintas de escarabajo, tardaría más de veinte años en probar todas las especies de escarabajo conocidas. Y, en esos más de veinte años, podrían descubrirse suficientes especies nuevas como para tenerle masticando escarabajos durante otros dos años y medio. Y así sucesivamente. Es una paradoja de inexhaustibilidad. Yo lo llamo «el escarabajo de Mandalay». Aunque, a menos que uno sienta debilidad por los escarabajos, podría acabar siendo un verdadero calvario, desde luego.

—No me disgusta comer escarabajos, aunque hay especies y especies —dijo Zebediah T. Crawcrustle—. Pero lo que más me apetece últimamente son los bichos de luz. La luz les da un toque especial que podría ser justo lo que necesito ahora.

—Es cierto que los bichos de luz o luciérnagas (*Photinus pyralis*) se asemejan más a los escarabajos que a los gusanos de luz —puntualizó Mandalay—, pero eso no significa que sean comestibles. ¡Ni muchísimo menos!

—Puede que no sean comestibles —replicó Crawcrustle—, pero al menos me mantendrán en forma. Mira tú por dónde, creo que voy a asarme unos cuantos. Luciérnagas con chile habanero. Mmmm...

Entonces, Virginia Boote, que era una mujer eminentemente práctica, preguntó:

—Supongamos por un momento que decidiéramos probar el Pájaro del Sol de la Ciudad del Sol. ¿Por dónde deberíamos empezar nuestra búsqueda?

Zebediah T. Crawcrustle se rascó su incipiente barba

de dos días (que, como toda barba de siete días, nunca crecía mucho más), y respondió a la pregunta:

—Yo, personalmente, pondría rumbo a la Ciudad del Sol y buscaría un lugar agradable donde sentarme un rato (el café de Mustafá Stroheim, por ejemplo) y esperaría a que el Pájaro del Sol pasara por allí. Llegado el momento, lo cazaría como mandan los cánones y, a continuación, lo cocinaría como mandan los cánones también.

—¿Y, según tú, cómo mandan los cánones que hay que cazarlo? —preguntó Jackie Newhouse.

—Pues del mismo modo que tu ilustre antepasado cazaba urogallos y codornices, naturalmente —respondió Crawcrustle.

—Que yo sepa, en las memorias de Casanova no se habla en ningún momento de cazar codornices —objetó Jackie Newhouse.

—Tu antepasado era un hombre muy ocupado —arguyó Crawcrustle—, no podía pasarse la vida anotándolo todo. No obstante, te aseguro que no se le daba nada mal cazar codornices.

—Con maíz tostado y arándanos secos macerados en whisky —intervino Augustus DosPlumas McCoy—, así es como se han cocinado siempre en mi familia.

—Y así era como las cocinaba Casanova —afirmó Crawcrustle—, aunque él usaba cebada en lugar de maíz y pasas en lugar de arándanos. Y los maceraba en brandy, no en whisky. Él mismo me dio la receta.

Jackie Newhouse ignoró este último comentario —no era difícil ignorar la mayor parte de lo que decía Zebediah T. Crawcrustle— y preguntó:

—Y, exactamente, ¿en qué parte de la Ciudad del Sol está el café de Mustafá Stroheim?

—Pues donde ha estado siempre, naturalmente, detrás del mercado viejo de la ciudad, en la tercera calle; justo antes de llegar al antiguo canal de desagüe (que antes era una acequia), porque si te encuentras frente a la tienda de alfombras del Tuerto Khayam, es que ya te has pasado —explicó Crawcrustle—. Pero, a juzgar por la irritación que veo en vuestros rostros, me parece que esperabais una descripción menos sucinta y menos precisa. Muy bien. Está en la Ciudad del Sol y la Ciudad del Sol está en El Cairo, en Egipto, donde siempre, o casi siempre, está.

—¿Y quién va a financiar una expedición a la Ciudad del Sol? —preguntó Augustus DosPlumas McCoy—. ¿Quiénes integrarán dicha expedición? Lo pregunto sabiendo de antemano cuál será la respuesta y que no me va a gustar un pelo.

—Obviamente, tú financiarás la expedición, Augustus, e iremos todos los socios —afirmó Zebediah T. Crawcrustle—. Si quieres, puedes deducirlo de nuestras respectivas cuotas. Y yo me llevaré mi delantal de chef y mis utensilios de cocina.

Augustus sabía perfectamente que Crawcrustle llevaba años sin pagar la cuota, pero el Club Epicúreo le cubriría; Crawcrustle formaba parte del club desde los tiempos del padre de Augustus. De modo que se limitó a preguntar:

—¿Y cuándo nos vamos?

Crawcrustle clavó los ojos en él y meneó la cabeza, decepcionado.

—¡Caramba, Augustus! —exclamó—. Vamos a la Ciudad del Sol a cazar el Pájaro del Sol. ¿Qué día crees tú que sería el más apropiado?

—¡Domingo! —canturreó Virginia Boote—. ¡Nos vamos en domingo![20]

20. En inglés, *Sunday*, literalmente, «día del sol».

—Aún hay esperanza para usted, señorita —dijo Zebediah T. Crawcrustle—. Efectivamente, partiremos en domingo. Para ser más exacto, dentro de tres domingos. Primero viajaremos hasta Egipto, luego iremos a la Ciudad del Sol (donde pasaremos unos días intentando localizar y dar caza al esquivo Pájaro del Sol de la Ciudad del Sol) y, finalmente, lo prepararemos como mandan los cánones.

El profesor Mandalay parpadeó levemente bajo sus pobladas cejas grises.

—Ese lunes tengo una clase. Los lunes doy clases de mitología, los martes de claqué y los miércoles de carpintería.

—¡Ay, Mandalay, Mandalay! Búscate un ayudante para que se encargue de tus clases. El lunes estarás ocupado cazando el Pájaro del Sol —dijo Zebediah T. Crawcrustle—. ¿Cuántos profesores conoces que puedan decir lo mismo?

Uno por uno, fueron a ver a Crawcrustle, para discutir los detalles del viaje que tenían en puertas y exponerle sus dudas.

Zebediah T. Crawcrustle no tenía domicilio fijo, pero si uno quería encontrarle, siempre podía buscarle en ciertos lugares que solía frecuentar a lo largo del día. A primera hora de la mañana se le podía encontrar durmiendo en la estación de autobuses, donde había unos bancos muy confortables y la policía se mostraba indulgente y le dejaba dormir tranquilo; a primera hora de la tarde, con el calorcito, se iba al parque a hacer compañía a las estatuas de los generales cuyo nombre nadie recuerda ya, y a pasar la tarde con los yonquis y los borrachos, disfrutando de su compañía y compartiendo el contenido de sus botellas. Les ofrecía su opinión que, como Epicúreo que era, siempre se escuchaba con atención y respeto, aunque no siempre era bien recibida.

Augustus DosPlumas McCoy fue al parque a buscar a Crawcrustle y le acompañó su hija, Hollyberry SinPlumas McCoy. Era una chica menuda, pero más lista que el hambre.

—¿Sabes? —le dijo Augustus—, hay algo que me resulta muy familiar en todo esto.

—¿A qué te refieres? —preguntó Zebediah.

—A todo, en general. La expedición a Egipto. El Pájaro del Sol. Tengo la impresión de haber oído hablar de todo esto antes de ahora.

Crawcrustle se limitó a asentir. Estaba comiendo algo que tenía dentro de una bolsa de papel marrón.

Augustus dijo:

—He estado consultando los anales del Club Epicúreo y, en un registro de hace cuarenta años, he encontrado algo que, intuyo, podría ser una referencia al Pájaro del Sol. Pero no he conseguido averiguar nada más concreto.

—¿Y cómo es eso? —preguntó Zebediah T. Crawcrustle, tragando sonoramente.

Augustus DosPlumas McCoy suspiró:

—Encontré la página en cuestión, pero estaba toda requemada y los siguientes registros revelan que el Club Epicúreo atravesó después una etapa de gran confusión administrativa.

—Estás comiendo luciérnagas de una bolsa de papel —dijo Hollyberry SinPlumas McCoy—. Te he visto.

—No voy a negarlo, mi pequeña damisela —replicó Zebediah T. Crawcrustle.

—¿Recuerdas aquella etapa de confusión, Crawcrustle? —le preguntó Augustus.

—Por supuesto que la recuerdo —respondió Crawcrustle—, y también te recuerdo a ti. Debías de tener aproximadamente la misma edad que tu hija Hollyberry. Pero siempre hay momentos de confusión, Augustus, y después la confusión se disipa. Es como el amanecer y la puesta de sol.

Jackie Newhouse y el profesor Mandalay visitaron a Crawcrustle esa misma noche. Lo encontraron detrás de las vías del tren. Estaba calentando algo dentro de una lata colocada sobre un modesto fuego de carbón.

—¿Qué estás cocinando, Crawcrustle? —le preguntó Jackie Newhouse.

—Más carbón —respondió Crawcrustle—. Limpia la sangre y purifica el espíritu.

En el fondo de la lata se veían humeantes trozos de madera de tilo y de nogal carbonizados.

—¿De verdad vas a comerte ese carbón, Crawcrustle? —preguntó el profesor Mandalay.

En respuesta a su pregunta, Crawcrustle se chupó los dedos y sacó de la lata un trozo de carbón, que siseó al contacto con su piel.

—Un buen truco, sí señor —comentó el profesor Mandalay—. Así es como lo hacen los comefuegos, ¿no?

Crawcrustle se metió el trozo de carbón en la boca y lo masticó ruidosamente con sus viejos y desiguales dientes.

—En efecto, mi querido amigo, en efecto —respondió.

Jackie Newhouse carraspeó.

—Para serte sincero —dijo—, el profesor Mandalay y yo tenemos serias dudas en torno a nuestro próximo viaje.

Zebediah siguió masticando tranquilamente.

—No está lo bastante caliente —comentó; cogió una brasa al rojo vivo y le dio un mordisco—. Ahora sí.

—No es más que una quimera —dijo Jackie Newhouse.

—Ni muchísimo menos —respondió Zebediah T. Crawcrustle—. Es fresno espinoso.

—Tengo dudas muy serias respecto a la expedición y todo lo demás —replicó Jackie Newhouse—. Todos los Newhouse tenemos un poderoso instinto de conservación que nos ha llevado en muchas ocasiones a refugiarnos en ríos o tejados, muertos de frío (siempre un paso por delante de las fuerzas del orden, o de caballeros armados y con motivos de sobra para perseguirnos) y ese instinto de conservación me dice que no debo viajar contigo a la Ciudad del Sol.

—Yo soy un académico —intervino el profesor Mandalay—, de modo que no he desarrollado especialmente ningún sentido que pueda ser comprendido por nadie que no haya tenido que calificar exámenes sin leerlos siquiera por encima. Pero, de todos modos, este asunto se me antoja extraordinariamente sospechoso. Si el Pájaro del Sol es tan delicioso como afirmas, ¿cómo es que nunca había oído hablar de él?

—Sí que has oído hablar de él, Mandy, amigo mío. Claro que has oído hablar de él —respondió Zebediah T. Crawcrustle.

—Además, soy un experto en geografía: desde Tulsa, Oklahoma, hasta Tombuctú —continuó el profesor Mandalay—. Pero jamás he encontrado en ningún libro ni una sola referencia a una Ciudad del Sol que estuviera en El Cairo.

—¿Que no has leído nada al respecto? ¡Pero si has dado clases sobre ese tema! —replicó Crawcrustle, y empapó un trozo de humeante carbón en salsa de Tabasco antes de introducirlo en su boca y masticarlo con fruición.

—No me creo que te estés comiendo eso de verdad —dijo Jackie Newhouse—, pero incluso verte hacer el paripé me está poniendo malo. Me parece que ya va siendo hora de irse con la música a otra parte.

Y se marchó. Y puede que el profesor Mandalay se fuera con él; el hombre era tan gris y fantasmagórico que uno nunca sabía de cierto si estaba presente o no.

Virginia Boote tropezó con Zebediah T. Crawcrustle de madrugada, en el umbral de su propia puerta. Volvía de cenar en un restaurante sobre el que tenía que escribir una crítica. Salió de un taxi, tropezó con Zebediah y se cayó de bruces.

—¡Eeepa! —exclamó—. He debido de tropezar con algo.

—Efectivamente, Virginia —dijo Zebediah T. Crawcrustle—. ¿No tendrás, por casualidad, una caja de cerillas o algo así, ¿verdad?

—Pues creo que sí. ¿Dónde las he metido? A ver... —Y empezó a rebuscar en su bolso, que era muy grande y muy marrón—. Aquí están. Toma.

Zebediah T. Crawcrustle traía consigo una botella de un fuerte licor morado que se dispuso a verter en un vaso de plástico.

—¿Eso es alcohol metílico? Nunca imaginé que bebieras esa clase de cosas, Zebby.

—Y no lo hago —replicó Crawcrustle—. Es un brebaje infame. Te pudre las tripas y destruye las papilas gustativas. Pero, a estas horas, no he podido encontrar nada mejor.

Encendió una cerilla y la acercó a la superficie del líquido para flambearlo. Se comió la cerilla y, a continuación, se puso a hacer gargarismos con el flameante líquido y soltó una llamarada por la boca que chamuscó una hoja de periódico que había por ahí tirada.

—¡Crusty! —exclamó Virginia Boote—. Te vas a matar si sigues haciendo eso.

Zebediah T. Crawcrustle sonrió de oreja a oreja, dejando al descubierto sus tiznados dientes.

—En realidad no me lo trago —le explicó—. Únicamente hago gárgaras con él y, luego, lo suelto por la boca.

—Estás jugando con fuego —le previno.

—Es un modo como otro cualquiera de saber que sigo vivo —replicó Zebediah T. Crawcrustle.

—Oh, Zeb. Estoy realmente entusiasmada. Ilusionada como una niña con zapatos nuevos —le dijo Virginia—. ¿A qué crees tú que sabrá el Pájaro del Sol?

—Más sabroso que la codorniz y más jugoso que el pavo, más contundente que el avestruz y más suculento que el pato —respondió Zebediah T. Crawcrustle—. Una vez lo has probado, no lo olvidas jamás.

—¡Nos vamos a Egipto! Nunca he estado en Egipto, ¿sabes? —replicó Virginia—. Por cierto, ¿tienes dónde pasar la noche?

Crawcrustle tosió levemente, pero la tos retumbó dentro de su viejo pecho.

—La verdad es que empiezo a ser demasiado viejo para dormir a la intemperie —dijo—, pero sigo teniendo mi orgullo.

—Bueno —replicó Virginia, mirando a su amigo—, si quieres, puedes dormir en mi sofá.

—Te agradezco la oferta, de verdad —le dijo Crawcrustle—, pero hay un banco en la estación de autobuses que lleva mi nombre.

Y, dicho esto, se enderezó y se alejó tambaleándose majestuosamente.

Y era verdad que en la estación de autobuses había un banco que llevaba su nombre escrito. Lo había donado él mismo cuando aún tenía dinero más que suficiente y tenía en el respaldo una placa de bronce con su nombre grabado. Zebediah T. Crawcrustle no fue siempre un hombre pobre. Había épocas en las que incluso podría decirse que era rico, pero le resultaba difícil conservar su fortuna. Siempre que se enriquecía, descubría que la gente no veía con buenos ojos que un hombre con posibles comiera con los vagabundos que se reúnen detrás de las vías del tren, o que confraternizara con los borrachos del parque. Y, entonces, se dedicaba a dilapidar su fortuna del mejor modo posible. Pero siempre quedaba algún dinero que había olvidado que tenía y, a veces, incluso se le olvidaba que no le gustaba ser rico y acababa amasando otra fortuna.

Hacía una semana que no se afeitaba y empezaba a percibirse ya una blancuzca sombra de barba.

Tres domingos más tarde, los Epicúreos partieron con rumbo a Egipto. Estaban los cinco socios y Hollyberry SinPlumas McCoy, que había ido con ellos al aeropuerto para desearles buen viaje. Era un aeropuerto muy pequeño, de esos en los que uno puede decir adiós con la mano a los pasajeros y ver despegar el avión.

—¡Adiós, papá! —gritó Hollyberry SinPlumas McCoy.

Augustus DosPlumas McCoy alzó la mano para despedirse de ella mientras caminaban por la pista, donde les esperaba ya el pequeño avión de hélice a bordo del cual efectuarían la primera etapa de su viaje.

—Me parece recordar —dijo Augustus DosPlumas McCoy—, aunque muy vagamente, haber vivido un día como éste hace muchos, muchos años. Yo no era más que un niño (o, al menos, así lo recuerdo) y estaba diciendo adiós con la mano. Creo que aquélla fue la última vez que vi a mi padre. Y, como aquel día, tengo un mal presentimiento.

Augustus se despidió una vez más de su hija y ella le devolvió el saludo.

—Sí, aquel día te despediste con el mismo entusiasmo que hoy —comentó Zebediah T. Crawcrustle—. Pero yo diría que Hollyberry tiene más aplomo.

Y era cierto. Hollyberry tenía más aplomo.

Emprendieron la primera etapa de su viaje a bordo del pequeño aeroplano, luego tomaron otro avión mayor, después otro más pequeño, un dirigible, una góndola, un tren, un globo y, finalmente, alquilaron un jeep.

Atravesaron la ciudad de El Cairo, dejaron atrás el viejo mercado y torcieron en la tercera calle (de haber continuado sin desviarse, habrían llegado al canal de desagüe que antes era una acequia). Sentado en la calle, en una vieja silla de mimbre, estaba el mismísimo Mustafá Stroheim en persona. Todas las mesas y sus respectivas sillas estaban colocadas a un lado de la calle, que no era precisamente amplia.

—Bienvenidos a mi *Kahwa,* amigos —les saludó Mustafá—. En egipcio, *Kahwa* significa café o, si lo prefieren, cafetería. ¿Les sirvo un té? ¿O prefieren que les traiga un dominó?

—Antes preferiríamos ver nuestras habitaciones —dijo Jackie Newhouse.

—Yo no —dijo Zebediah T. Crawcrustle—, pienso dormir al aire libre. La temperatura es muy agradable y aquel portal de allí tiene pinta de ser muy cómodo.

—A mí tráigame un café, por favor —pidió Augustus DosPlumas McCoy.

—Desde luego, caballero.

—¿Podría traerme un poco de agua, si es tan amable? —dijo el profesor Mandalay.

—¿Alguien ha pedido agua? —preguntó Mustafá Stroheim—. Oh, ha sido usted, el hombrecillo gris. Discúlpeme, caballero. Sí que lo había visto, pero pensé que era la sombra de alguien.

—Yo tomaré *ShaySokkar Bosta* —dijo Virginia Boote, que acababa de pedir un vaso de té caliente con el azúcar aparte—. Y, además, me encantaría jugar al backgammon con quienquiera que esté dispuesto a ser mi contrincante. Si es que aún recuerdo cómo se juega, claro.

Mustafá acompañó a Augustus DosPlumas McCoy hasta su habitación. Mustafá acompañó al profesor Mandalay a su habitación. Mustafá acompañó a Jackie Newhouse a su habitación. Lo cierto es que no supuso mayor trastorno para él; después de todo, los tres ocupaban la misma. Al fondo había una segunda habitación para Virginia Boote y en la tercera, dormían Mustafá Stroheim y su familia.

—¿Qué es eso que estás escribiendo? —le preguntó Jackie Newhouse al profesor Mandalay, que llevaba un rato anotando algo en un inmenso libro encuadernado en piel.

—Son las actas, los expedientes y anales del Club Epicúreo —le respondió—. He ido anotando aquí todos los detalles de nuestro viaje y de lo que hemos comido a lo largo de estos días. Y seguiré tomando notas mientras degustamos el Pájaro del Sol; describiré para la posteridad todos los matices de sabor y de textura, los aromas y los jugos.

—¿Os ha contado Crawcrustle cómo piensa aderezar el Pájaro del Sol? —preguntó Jackie Newhouse.

—Sí —respondió Augustus DosPlumas McCoy—. Dice que, primero, vaciará una lata de cerveza hasta que sólo quede un tercio de su contenido (al cual añadirá una mezcla de hierbas y especias) y, después, introducirá la lata en el interior del ave y la pondrá a asar en la barbacoa. Según él, es la receta tradicional.

Jackie Newhouse torció el gesto en una mueca de desaprobación.

—Pues a mí me suena sospechosamente moderna.

—Crawcrustle dice que la receta del Pájaro del Sol se viene transmitiendo de generación en generación desde hace siglos —insistió Augustus.

—Y lo mantengo —terció Crawcrustle, desde la escalera. La casa no era muy grande. La escalera quedaba cerca y las paredes no eran demasiado gruesas—. La cerveza egipcia es la más antigua del mundo y forma parte de la receta del Pájaro del Sol desde hace más de cinco mil años.

—Pero la invención del envase de lata es bastante reciente —objetó el profesor Mandalay.

Zebediah T. Crawcrustle se acercó hasta la puerta con una taza de café en la mano (era un café turco: negro, espeso y muy caliente).

—¿No deberías dejar que se enfriara un poco ese café antes de bebértelo? —le preguntó Augustus DosPlumas McCoy.

—Nah —replicó Crawcrustle—, así está perfecto. Y la lata de cerveza no es un invento tan reciente, Mandalay. Al principio las fabricábamos nosotros mismos, con una aleación de cobre y estaño a la que algunas veces añadíamos también cierta cantidad de plata. Otras veces no, dependía del herrero y de los materiales de que dispusiera en cada momento. Necesitábamos un recipiente que soportara bien el calor. Pero detecto aún cierto recelo en vuestra mirada. Piénsenlo un momento, caballeros: si los antiguos egipcios no sabían fabricar latas, ¿dónde demonios metían la cerveza?

Se oyó un rumor de voces que venía de afuera; concretamente, de las mesas situadas en el exterior del café de Mustafá Stroheim. Virginia Boote estaba jugando al backgammon con los lugareños; hacía un rato que les había convencido de que si había dinero en juego sería más emocionante y les estaba desplumando. Aquella mujer era una auténtica fiera jugando al backgammon.

En el patio trasero del café de Mustafá Stroheim había una vieja mesa de madera y una sencilla barbacoa

hecha de adobe con una herrumbrosa parrilla llena de mugre. Crawcrustle se pasó todo el día adecentándola: la arregló, la limpió a fondo y engrasó la parrilla.

—Tiene pinta de no haber sido usada en cuarenta años —comentó Virginia Boote. Nadie quería ya jugar al backgammon con ella, pero tenía el bolso repleto de roñosas piastras.

—Más o menos, sí —replicó Crawcrustle—. Un poco más, quizás. Oye, Ginnie, ¿por qué no te acercas al mercado a hacer la compra? Sólo necesito unas cuantas hierbas, especias y algo de leña. Aquí tienes la lista. Puedes pedirle a uno de los hijos de Mustafá que te acompañe y te haga de intérprete.

—No faltaba más, Crusty.

Los otros tres miembros del Club Epicúreo andaban ocupados cada uno con sus cosas. Jackie Newhouse tenía fascinados a los vecinos de Mustafá con sus elegantes trajes y sus dotes de violinista. Augustus DosPlumas

McCoy se dedicaba a dar largos paseos por los alrededores. Y el profesor Mandalay había descubierto una serie de jeroglíficos grabados en los adobes de la barbacoa y se había puesto a traducirlos. Según dijo, un incauto seguramente habría llegado a la conclusión de que la vieja barbacoa de Mustafá había sido en el pasado un objeto consagrado al Sol.

—Pero yo, que soy un hombre perspicaz —les explicó—, enseguida he deducido que, sin duda, esos adobes formaban parte de algún antiguo templo y fueron reutilizados posteriormente por los lugareños. Dudo que esta gente sea consciente de su extraordinario valor arqueológico.

—Qué va, son plenamente conscientes de su valor —discrepó Zebediah T. Crawcrustle—. Y, para tu información, estos adobes no proceden de ningún templo. Llevan ahí cinco mil años, desde que construimos la barbacoa. Antes de eso, no teníamos más remedio que apañarnos con piedras.

Virginia Boote regresó del mercado con la cesta repleta.

—Aquí está todo —anunció—. Sándalo rojo, pachulí, vainilla, unas espigas de lavanda, hojas de salvia y de canela, nuez moscada, unas cabezas de ajo, clavos de olor y romero: todo lo que me encargaste y alguna otra cosilla más.

Zebediah T. Crawcrustle sonrió complacido.

—El Pájaro del Sol se va a poner muy contento —le dijo.

Dedicó el resto de la tarde a preparar una salsa barbacoa. Les explicó que la salsa no les impediría apreciar el sabor de la carne del ave que, además, solía quedar un poco seca al cocinarla.

Los Epicúreos pasaron la velada al aire libre, sentados

en las sillas de mimbre del café de Mustafá Stroheim, que les iba sirviendo té, café e infusiones de menta. Zebediah T. Crawcrustle había anunciado a sus camaradas Epicúreos que el domingo a mediodía podrían degustar por fin el famoso Pájaro del Sol y que quizá prefirieran saltarse la cena del sábado para asegurarse un buen apetito al día siguiente.

—Presiento que la tragedia se cierne sobre nosotros —profetizó Augustus DosPlumas McCoy el sábado por la noche, mientras buscaba el modo de acomodarse en una cama demasiado pequeña para un hombre tan corpulento como él—. Y mucho me temo que llegará aderezada con salsa barbacoa.

A la mañana siguiente, los Epicúreos se levantaron con un hambre de lobo. Zebediah T. Crawcrustle llevaba puesto un cómico delantal con la frase BESA AL COCINERO escrita en letras de color verde chillón. Había esparcido ya las pasas maceradas en brandy bajo el raquítico aguacate situado justo detrás de la casa de Mustafá Stroheim y ahora estaba colocando las maderas aromáticas, las hierbas y las especias sobre el carbón de la barbacoa. Mustafá Stroheim y su familia habían ido a visitar a unos parientes que vivían en el otro extremo de la ciudad.

—¿Alguien tiene una cerilla? —preguntó Crawcrustle.

Jackie Newhouse sacó un mechero zippo y se lo pasó a Crawcrustle, que prendió unas hojas secas de canela y de laurel y las colocó bajo el lecho de carbón. El humo ascendió en el cálido aire del mediodía.

—El humo del sándalo y de la canela nos traerá al Pájaro del Sol —les explicó Crawcrustle.

—¿Nos lo traerá? ¿De dónde nos lo traerá? —preguntó Augustus DosPlumas McCoy.

—Del Sol —respondió Crawcrustle—. Es allí donde duerme.

El profesor Mandalay tosió discretamente.

—La Tierra está a unos 150 millones de kilómetros del Sol —dijo Mandalay—. El halcón peregrino es el ave más veloz del planeta y se calcula que, volando en picado, puede alcanzar una velocidad máxima de 439 km/h. Pongamos por caso que el Pájaro del Sol pudiera volar a esa velocidad; si las cuentas no me fallan, tardaría treinta y ocho años en recorrer la distancia que nos separa del Sol. Y eso, suponiendo que pudiera sobrevivir al vacío y a las bajas temperaturas del espacio exterior, obviamente.

—Obviamente —asintió Zebediah T. Crawcrustle, mientras se hacía sombra con la mano para mirar hacia arriba—. Aquí viene.

Casi parecía que el pájaro viniera directamente del sol; pero eso no podía ser. Además, no se puede mirar directamente al sol cuando está justo en su cénit.

Al principio sólo pudieron distinguir su silueta recortada contra el azul del cielo, pero después, la luz del sol se derramó generosamente sobre las plumas del ave; cortaba el aliento contemplar aquella soberbia estampa.

El Pájaro del Sol agitó una vez sus grandes alas y luego empezó a descender, planeando en círculos cada vez más pequeños, sobre el café de Mustafá Stroheim.

Finalmente, el ave se fue a posar en la copa del aguacate. Plumas de oro y plata se intercalaban en ciertas zonas con otras plumas de color violáceo. Era más pequeño que un pavo, pero mayor que un gallo, y tenía las largas patas de una garza, aunque su cabeza se parecía más a la de un águila.

—Es realmente hermoso —dijo Virginia Boote—. Fijaos en las dos largas plumas que coronan su cabeza. Son de una belleza sublime, ¿no os parece?

—Absolutamente sublime, desde luego —asintió el profesor Mandalay.

—Hay algo en ellas que me resulta muy familiar —dijo Augustus DosPlumas McCoy.

—Antes de asar el Pájaro del Sol, hay que arrancarle esas dos plumas —afirmó Zebediah T. Crawcrustle—. Es la costumbre.

El Pájaro del Sol continuaba posado en una rama del aguacate, al sol. Parecía como si la luz del astro rey lo iluminara por dentro, suavemente, como si esa misma luz se hubiera materializado en sus plumas, irisadas con matices violáceos, verdes y dorados.

Extendió un ala y, con el pico, se fue atusando las plumas una por una hasta dejarlas todas bien huecas y lubricadas.

Después, extendió la otra ala y repitió el mismo proceso. Finalmente, el pájaro emitió un alegre trino y descendió el corto tramo que separaba la rama del suelo.

Empezó a pavonearse por todo el patio, mirando alternativamente a uno y otro lado.

—¡Mirad! —exclamó Jackie Newhouse—. Ya ha encontrado las pasas.

—Yo diría que ha ido directamente a buscarlas —dijo Augustus DosPlumas McCoy—, que esperaba que las pasas estuvieran precisamente ahí.

—Es que siempre se las dejo ahí —le explicó Zebediah T. Crawcrustle.

—Es una preciosidad —dijo Virginia Boote—. Pero, ahora que lo veo de cerca, yo diría que es más viejo de lo que pensaba. Tiene los ojos vidriosos y le tiemblan las patas. Pero sigue siendo una preciosidad.

—El pájaro Bennu es el ave más esplendorosa de todas —afirmó Zebediah T. Crawcrustle.

Virginia Boote no hablaba egipcio, sabía lo justo para

hacerse entender en cualquier restaurante pero, fuera de eso, no entendía ni jota.

—¿Qué clase de ave es el pájaro Bennu? —preguntó—. ¿Es el nombre egipcio del Pájaro del Sol?

—El pájaro Bennu —comenzó a explicar el profesor Mandalay— es un ave que anida en el árbol de Persea. Tiene dos largas plumas en la cabeza a modo de corona. Unas veces lo representan como una garza real y, otras, como un águila. Podría contarte muchas cosas sobre el pájaro Bennu, pero no vale la pena; no son más que leyendas.

—¡Se ha comido las pasas y la cebada! —exclamó Jackie Newhouse—. Y ahora se tambalea como si estuviera borracho... Qué señorío, ¡incluso estando ebrio!

Zebediah T. Crawcrustle se acercó al pájaro, que, con gran determinación, y sin tropezarse con sus largas patas, seguía caminando desorientado al pie del aguacate. Crawcrustle se colocó delante de él y, entonces, se inclinó muy despacio en señal de respeto. El hombre se movía con mucha dificultad, como un anciano, pero a pesar de ello dobló la espalda con la debida solemnidad. El Pájaro del Sol le devolvió el saludo y, acto seguido, cayó fulminado. Zebediah T. Crawcrustle lo recogió del suelo con gran reverencia, lo acomodó entre sus brazos como si fuera un bebé y lo llevó hasta el patio trasero del café de Mustafá Stroheim. Los demás Epicúreos le siguieron.

Primero, le arrancó las dos plumas que coronaban su cabeza y las dejó a un lado.

Y, a continuación, sin desplumar al pájaro, le sacó las tripas y las puso encima de las hierbas aromáticas que había esparcido antes sobre las brasas de la barbacoa. Insertó la lata de cerveza en el hueco donde antes habían estado las tripas y colocó el ave sobre la parrilla.

—El Pájaro del Sol se hace en un momento —les previno Crawcrustle—, así que id preparando los platos.

Los antiguos egipcios aderezaban la cerveza con cardamomo y coriandro, pues no conocían el lúpulo; el resultado era una cerveza cremosa y aromática que, además, les quitaba la sed. Beberla resultaba tan tonificante, que incluso te sentías capaz de ponerte a construir una pirámide —de hecho, algunos lo hacían—. Con el calor de las brasas, la cerveza se iba evaporando en el interior del ave y, de este modo, su carne se mantenía jugosa todo el tiempo. En pocos minutos, las plumas se chamuscaron y, de pronto, se incendiaron con un fogonazo tan espectacular que los Epicúreos se vieron obligados a desviar la vista para no quedarse ciegos.

El aroma del asado inundó todo el patio; más gustoso que el pavo real y más suculento que el pato. A los

Epicúreos allí reunidos se les estaba haciendo la boca agua. El Pájaro del Sol llevaba apenas unos minutos en la barbacoa cuando Zebediah lo sacó a una fuente y lo llevó a la mesa. Según lo trinchaba, iba sirviéndolo en los platos y poniendo sobre cada trozo un poco de salsa barbacoa. Al terminar, colocó la carcasa directamente sobre el carbón al rojo vivo.

Los Epicúreos se sentaron a la mesa y empezaron a comer con los dedos, sin más ceremonia.

—¡Zebby, esto es una verdadera delicia! —exclamó Virginia Boote, sin dejar de masticar—. Se deshace en la boca. Es un pedacito de cielo.

—De cielo no, de sol —dijo Augustus DosPlumas McCoy, masticando a dos carrillos. Y a dos manos, porque en una tenía un ala y en la otra una tajada de pechuga—. Es lo más exquisito que he comido jamás y, no es que lo lamente, pero creo que voy a echar de menos a mi hija.

—Es, simplemente, perfecto —afirmó Jackie Newhouse—. Sabe a buena música y a amor. Sabe a verdad.

El profesor Mandalay no paraba de garabatear en los anales del Club Epicúreo. Estaba tomando nota de su reacción a la carne del ave y de las reacciones de los demás Epicúreos y tratando de no manchar la página, pues en la otra mano tenía un ala que iba mordisqueando mientras escribía.

—Es extraño —comentó Jackie Newhouse—. Noto como si cada vez me quemara más en la boca y en el estómago.

—Sí, es lo normal. Viene bien prepararse unos días antes —dijo Zebediah T. Crawcrustle—; comer carbones al rojo y luciérnagas para que tu cuerpo vaya acostumbrándose. Si no, puede resultar algo doloroso.

Zebediah T. Crawcrustle se estaba comiendo la cabeza del pájaro, masticando decididamente los huesos y el pico, que producían chispas entre sus dientes. Pero él seguía sonriendo y masticando con aire satisfecho.

En la barbacoa, la carcasa del Pájaro del Sol se había puesto al rojo vivo y empezaba a calcinarse. Una espesa calima invadía ahora el patio trasero del café de Mustafá Stroheim y todo brillaba con una luz trémula, como si los allí reunidos vieran el mundo a través del agua o de un sueño.

—¡Es delicioso! —exclamó Virginia Boote sin dejar de comer—. Es lo más delicioso que he comido jamás. Su sabor me hace sentir como cuando era joven. Como si fuera a ser joven eternamente —se chupó los dedos y se dispuso a atacar la última tajada que le quedaba en el plato—. El Pájaro del Sol de la Ciudad del Sol; ¿tiene algún otro nombre?

—Es el Fénix de Heliópolis —replicó Zebediah T. Crawcrustle—. El ave que, después de quemarse, vuelve a renacer de sus cenizas. Es el pájaro Bennu, que sobrevolaba las aguas cuando el mundo estaba aún sumido en la tiniebla. Cuando le llega su hora, se quema en un lecho de maderas exóticas, especias y hierbas aromáticas y, después, vuelve a renacer de sus cenizas. Y así una y otra vez, en un ciclo sin fin.

—¡Fuego! —exclamó el profesor Mandalay—. ¡Siento como si las llamas me quemaran por dentro!

Bebió un poco de agua pero, al parecer, eso tampoco le alivió.

—Mis dedos... Mirad mis dedos —dijo Virginia Boote, mostrándoles sus manos. Los dedos parecían estar iluminados por dentro, como si las llamas ardieran en su interior.

El aire había alcanzado ya una temperatura tal, que el patio parecía un horno.

Saltó una chispa y, al cabo de unos segundos, las dos plumas de Augustus DosPlumas McCoy se encendieron como dos bengalas.

—Crawcrustle —dijo Jackie Newhouse, envuelto en llamas—, sé sincero con nosotros: ¿cuánto tiempo llevas comiendo el Fénix?

—Algo más de diez mil años —respondió Zebediah—, milenio arriba o abajo. No es difícil, una vez que le pillas el truco, claro. Pero éste es sin duda el mejor Fénix que he preparado nunca. ¿O debería decir: «es la vez que mejor he cocinado este Fénix»?

—¡Los años! —exclamó Virginia Boote—. ¡El fuego te está quitando años de encima!

—Es el efecto que produce el Fénix —admitió Zebediah—. Aunque hay que acostumbrarse al calor del fuego antes de comerlo. De otro modo, se corre el riesgo de morir abrasado.

—¿Y por qué no me acordaba de esto? —preguntó

Augustus DosPlumas McCoy, envuelto en grandes llamas—. ¿Cómo es posible que no recordara que así fue como murió mi padre y también el padre de mi padre? ¿Cómo es posible que no recordara que ambos viajaron a Heliópolis para comer el Fénix? ¿Y por qué lo he recordado ahora?

—Porque el fuego te está quitando años de encima —replicó el profesor Mandalay, que había cerrado el libro al ver que la página se incendiaba. Los bordes del libro estaban algo chamuscados, pero sólo los bordes—. A medida que el fuego va consumiendo los años, recuperas los recuerdos de aquella época.

En medio de aquel aire tórrido y ondulante, Mandalay tenía un aspecto más sólido, menos fantasmagórico, y sonreía. Ninguno de los presentes le había visto sonreír hasta ese momento.

—¿Nos vamos a extinguir por completo? —preguntó Virginia, que ahora se había vuelto incandescente—. ¿O arderemos hasta convertirnos en niños, después en fantasmas y en ángeles y, al final, renaceremos de nuevo? Da igual. ¡Oh, Crusty, qué divertido es todo esto!

—Quizá —dijo Jackie Newhouse a través de las llamas— habría que haber añadido un poco más de vinagre a la salsa. Creo que a una carne como ésta le viene bien un toque de acidez para realzar el sabor.

Y, dicho esto, se extinguió; aunque durante unos segundos su imagen quedó flotando en el aire, como un holograma.

—*Chacun à son gout* —(que significa: «Sobre gustos no hay nada escrito») sentenció Zebediah T. Crawcrustle y, chupándose los dedos, afirmó con gran satisfacción—: El mejor de todos, sí señor.

—Adiós Crusty —se despidió Virginia, alzando su

flamígera mano, mientras se iba ennegreciendo hasta quedar reducida a cenizas.

Y, después, no quedó nada en el patio trasero del *kahwa* (o café) de Mustafá Stroheim, en Heliópolis (la antigua Ciudad del Sol, que ahora no es más que un suburbio de El Cairo); tan sólo cuatro montoncitos de blancas cenizas que una ráfaga de viento dejó esparcidas por todo el patio, como una fina capa de nieve o de azúcar glas; y un muchacho de negros cabellos y blanca dentadura, que llevaba puesto un delantal con la frase «Besa al cocinero» escrita en letras verdes.

Sobre las cenizas de la barbacoa, se revolvía un pajarillo de plumas doradas y violáceas que parecía recién salido del cascarón. Emitió un agudo «¡piiip!» y miró directamente hacia el sol, igual que un niño mirando a su padre. Extendió las alas como si quisiera secar sus plumas y, finalmente, cuando estuvo listo, levantó el vuelo y se dirigió hacia el sol. Nadie le vio marchar, excepto el muchacho del delantal.

A los pies del joven, sobre las cenizas de lo que antes había sido una mesa de madera, había dos largas plumas doradas. El chico las recogió del suelo, les sacudió la ceniza y, con gran reverencia, las guardó en el bolsillo de su chaqueta. Después, se quitó el delantal y se marchó.

Hollyberry DosPlumas McCoy es ahora una mujer adulta y tiene sus propios hijos. Se ven ya algunas canas entre sus negros cabellos, que suele llevar recogido en un moño adornado con dos plumas doradas. Sin duda las plumas debieron de ser muy especiales, pero de eso hace ya mucho tiempo. Actualmente, Hollyberry es la presidenta del Club Epicúreo —una pandilla bulliciosa y parrandera—, cargo que heredó, hace ya muchos años, de su padre.

Corren rumores de que los Epicúreos andan otra vez en plan quejica. Por lo visto, ya no les queda nada por probar.

(PARA HMG,
UN REGALO
DE CUMPLEAÑOS
ALGO TARDÍO)

LA LÁPIDA DE LA BRUJA

HABÍA una bruja enterrada en el límite del cementerio; no era un secreto para nadie. La señora Owens siempre le advertía a Nad que no debía acercarse por allí bajo ningún concepto.

—¿Por qué? —le preguntó un día Nad.

—No es lugar seguro para nadie que posea un alma mortal —le respondió la señora Owens—. En los confines del mundo hay mucha humedad. Aquello es casi una marisma. Allí no encontrarás otra cosa que la muerte.

El señor Owens, por su parte, tenía mucha menos imaginación que su esposa y solía responderle de forma más evasiva.

—No es un sitio muy recomendable —fue todo cuanto le dijo.

El cementerio propiamente dicho terminaba justo al pie del monte, bajo el viejo manzano, y estaba cercado por una herrumbrosa verja cuyas rejas acababan en punta; pero más allá había un erial plagado de malas hierbas, ortigas, zarzas y hojas secas, y Nad, que era en esencia un niño bueno y obediente, nunca había intentado colarse allí por entre las rejas, aunque solía contemplarlo desde detrás de la verja. Sabía que aquel lugar tenía una historia cuyos detalles le habían ocultado siempre y eso le irritaba.

Nad subió hasta la iglesia abandonada situada en el centro del cementerio y se quedó esperando a que oscureciera. Unas luces de color púrpura anunciaban ya la caída de la noche, cuando oyó un ruido en lo alto de la torre, algo como el rumor de una capa de grueso terciopelo, y vio que Silas había dado por concluido su descanso en el campanario y descendía hasta el suelo.

—¿Qué es lo que hay allá al fondo —le preguntó Nad—, más allá de Harrison Westwood, Panadero de este Concejo, y Esposas, Marion y Joan?

—¿Por qué lo preguntas? —inquirió su tutor, mientras sus pálidas manos sacudían el polvo que había quedado adherido a su traje negro.

Nad se encogió de hombros.

—Simple curiosidad.

—Ese suelo está sin consagrar —le respondió Silas—. ¿Sabes lo que significa eso?

—Creo que no —dijo Nad.

Silas avanzaba por el sendero sin perturbar en modo alguno las hojas secas que encontraba a su paso y, finalmente, ambos se sentaron en el banco de piedra.

—Hay quien piensa —comenzó a explicarle, con ese tono suave tan característico— que toda tierra es sagrada. Que ya era sagrada antes de llegar nosotros y que seguirá siéndolo cuando nos hayamos ido. Pero aquí, en esta tierra en la que vives ahora, es costumbre bendecir las iglesias y, en torno a ellas, el terreno destinado a enterrar a los muertos. Pero, en el extremo más alejado, dejan siempre una zona sin consagrar para enterrar a los criminales, los suicidas y cualquiera que no profese su misma fe.

—¿Quieres decir que todos los que están enterrados en esa parte eran malos?

Silas alzó una ceja.

—¿Mmm? Oh, no, ni mucho menos. Veamos, hace tiempo que no me doy una vuelta por allí. Pero tampoco recuerdo que hubiera nadie especialmente malvado. Piensa que antiguamente colgaban a la gente por robar un simple chelín. Y siempre ha habido personas que, sintiendo que su vida se ha vuelto más difícil y dolorosa de lo que son capaces de soportar, llegan a creer que lo único que pueden hacer es adelantar su partida de este mundo.

—Quieres decir que se suicidan, ¿no? —preguntó Nad. Tenía unos ocho años, los ojos grandes de mirada perspicaz y no tenía un pelo de tonto.

—Eso es.

—¿Y funciona? Quiero decir: después de muertos, ¿son más felices?

Silas reaccionó ante la ingenuidad del niño con una sonrisa tan espontánea y tan amplia, que dejó asomar los colmillos por la comisura de sus labios.

—Algunas veces. Pero por lo general, no. Sucede lo mismo que con los que creen que marchándose a otro lugar serán más felices; tarde o temprano acaban descubriendo que no es así como funcionan las cosas. Por muy lejos que te vayas, nunca podrás huir de ti mismo. No sé si entiendes lo que quiero decir.

—Más o menos —respondió Nad.

Silas se inclinó y le revolvió el cabello con la mano.

—¿Y la bruja? —preguntó el niño.

—Exacto —replicó Silas—: suicidas, criminales y brujas. Todos aquellos que murieron sin confesar sus pecados.

Silas se puso en pie de nuevo. Era como una sombra de medianoche en mitad del crepúsculo.

—Con tanta charla casi me olvido de que todavía no he desayunado —dijo—. Y tú llegas tarde a tus clases.

Entre las crecientes sombras del cementerio, tuvo lugar una implosión silenciosa, un susurro de oscuridad envuelta en terciopelo; Silas se había esfumado.

La luna empezaba a ascender en el cielo cuando Nad llegó al mausoleo del señor Pennyworth. Thomes Pennyworth (*Aquí Yace en la Certeza de la más Gloriosa Resurrección*). Le estaba esperando ya y no parecía de muy buen humor.

—Llegas tarde —le reprendió.

—Lo siento, señor Pennyworth.

Pennyworth chasqueó la lengua. La semana anterior, las lecciones del señor Pennyworth habían girado en torno a los Elementos y los Humores, pero Nad seguía confundiendo los unos con los otros. Creía que aquella noche tocaba examen pero, en lugar de eso, el señor Pennyworth le anunció:

—Creo que ha llegado el momento de dejar las clases teóricas a un lado por unos días y centrarnos en cuestiones más prácticas. A fin de cuentas, el tiempo vuela.

—¿En serio?

—Eso me temo, jovencito. Veamos, ¿qué tal vas con la Desaparición?

Hasta ese momento, Nad albergaba la secreta esperanza de no tener que responder a aquella pregunta.

—Bien, bien —dijo—. Bueno. Ya sabe...

—No, señor Owens. No lo sé. ¿Qué tal si me hace una demostración?

A Nad se le cayó el alma a los pies. No obstante, cogió aire y se esmeró cuanto pudo: entornó los ojos e intentó desaparecer.

El señor Pennyworth no parecía muy satisfecho.

—Bah. Esperaba algo más, francamente. Esperaba mucho más. Deslizarse y desaparecer, ésas son las facultades que definen a un muerto. Nos deslizamos por entre las sombras. Desaparecemos para trascender los sentidos. Inténtalo de nuevo.

Nad lo intentó poniendo aún más ahínco.

—Sigues siendo tan perceptible como esa nariz que sobresale en mitad de tu cara —le dijo el señor Pennyworth—. Y mira que es obvia tu nariz. Lo mismo que el resto de tu cara, jovencito. Lo mismo que tú. Por lo que más quieras y todos los santos, deja la mente en blanco. Ya. Eres un callejón desierto. Eres un umbral deshabitado. Eres nada. No hay ojo capaz de verte. No hay mente capaz de percibirte. En el espacio donde tú existes no hay nada ni nadie.

Nad volvió a intentarlo una vez más. Cerró los ojos e imaginó que se desvanecía hasta integrarse en la mampostería del mausoleo, transformándose en una sombra más entre las sombras que conforman la noche. Y estornudó.

—Lamentable —sentenció el señor Pennyworth, exhalando un suspiro—. Francamente lamentable. Creo que voy a tener que hablar de esto con tu tutor. —Y meneaba la cabeza con desazón—. Pasemos a otro asunto. Los humores. ¿Cuáles son?

—A ver… Sangre. Bilis. Flema. Y el cuarto… La bilis negra, creo.

Y continuaron con sus lecciones hasta que llegó la hora de pasar a la clase de Lengua y Literatura con la señorita Letitia Borrows, Solterona de este Concejo (*Quien en Toda su Vida nunca Infligió Sufrimiento a Hombre Alguno. ¿Puede Quien esto Lee Afirmar lo Mismo?*). A Nad le gustaba la señorita Borrows y el hogareño ambiente que reinaba en su pequeña cripta y, sobre todo, lo increíblemente fácil que resultaba distraerla de su lección.

—Dicen que hay una bruja enterrada en la zona no congr… consagrada —le comentó.

—Sí, tesoro. Pero no merece la pena que visites esa parte del cementerio.

—¿Por qué no?

La señorita Borrows le sonrió con esa ingenuidad con la que únicamente los muertos pueden sonreír.

—No son como nosotros —respondió.

—Pero también forma parte del cementerio, ¿no? Quiero decir, ¿puedo ir a visitarla, si quiero?

—En realidad —dijo la señorita Borrows—, sería preferible que no lo hicieras.

Nad era un niño obediente, pero también curioso, así que al finalizar sus clases aquella noche, cruzó el límite fijado por el monumento que coronaba la tumba de Harrison Westwood, Panadero, y Familia —un ángel de cabeza rota—. Sin embargo, no bajó hasta la fosa común. En lugar de eso, subió hasta el montículo donde un picnic celebrado unos treinta años antes había dejado su huella en la forma de un inmenso manzano.

Nad había aprendido muy bien ciertas lecciones. Unos años antes, se había pegado un atracón de manzanas: unas estaban verdes, otras picadas y algunas tenían aún las pepitas blancas. Después, se había pasado varios días lamentándolo, sufriendo unos horribles retortijones mientras la señora Owens le sermoneaba sobre lo que debía comer y lo que no. Desde entonces, siempre esperaba a que las manzanas maduraran antes de comérselas y nunca comía más que dos o tres por noche. Se había comido la última manzana que quedaba en el árbol la semana anterior, pero le gustaba sentarse en el manzano para pensar.

Trepó hasta llegar al recodo que se formaba entre dos ramas —su lugar favorito—, y se quedó mirando el terreno donde estaba la fosa común, justo debajo de él; la luz de la luna se derramaba sobre las zarzas y malas hierbas que se habían adueñado del lugar. Se preguntó si la bruja sería una mujer vieja, con dientes de acero y patas de gallina, o simplemente una mujer flaca, de nariz afilada, que volaba montada en una escoba.

Al cabo de un tiempo, le entró hambre. Entonces, lamentó haberse zampado ya todas las manzanas del árbol. Si hubiera dejado al menos una…

Alzó la vista y creyó ver algo en una de las ramas más altas. Volvió a mirar un par de veces más para asegurarse. Era una manzana, roja y madura.

Nad presumía de saber trepar por los árboles como nadie. Se levantó y comenzó a trepar de rama en rama, imaginando que era Silas escalando por la pared de la torre con la agilidad y la elegancia de un gato. La manzana, tan roja que a la luz de la luna casi parecía negra, estaba en un sitio difícil de alcanzar. Nad avanzó lentamente por la rama hasta colocarse justo debajo de ella. Entonces, se estiró y tocó la perfecta manzana con las puntas de sus dedos.

Se iba a quedar sin poder hincarle el diente.

Un chasquido, tan sonoro como el disparo de una escopeta, y la rama se tronchó bajo sus pies.

Se despertó con un dolor punzante, como si le estuvieran pinchando con agujas de hielo, como un trueno que recorría lentamente todo su cuerpo, y se encontró sentado sobre un lecho de hierba.

El terreno parecía bastante blando y extrañamente cálido. Al hacer presión con la palma de su mano, le dio la sensación de que lo que tenía debajo era el tibio pelaje de algún animal. Había aterrizado sobre el lugar donde vaciaba su cortacésped el jardinero que cuidaba el cementerio y un mullido montón de hierba había amortiguado su caída. Aun así, le dolía el pecho y debía de haberse torcido una pierna al caer, porque también le dolía.

Nad soltó un gemido.

—Sshh, tranquilo pequeño, sshh —murmuró una voz a su espalda—. ¿De dónde has salido? Te parecerá bonito, aterrizar aquí como una bomba.

—Estaba ahí arriba, en el manzano —le explicó Nad.

—Ah. Deja que le eche un vistazo a esa pierna. Seguro que está tan rota como la rama del manzano? —Nad notó unos dedos fríos que le presionaban la pierna izquierda—. Pues no, no está rota. Pero sí dislocada, puede que incluso te hayas hecho un esguince. Ni que fueras el mismo diablo, menuda suerte has tenido de ir a caer justo sobre el montón de césped. Tranquilo, que no es el fin del mundo.

—Oh, estupendo —dijo Nad—. Aun así, duele bastante.

Giró la cabeza para ver quién era la persona que estaba detrás de él.

Resultó ser una niña algo mayor que él y su actitud no era ni amigable ni hostil. Más bien parecía cautelosa. Su rostro tenía una expresión inteligente, pero no era bonita en absoluto.

—Me llamo Nad —se presentó.

—¿El niño vivo? —le preguntó.

Nad asintió con la cabeza.

—Me lo imaginaba —dijo la niña—. Ya habíamos oído hablar de ti, incluso aquí, en la fosa común. ¿Cómo dices que te llamas?

—Owens —respondió—. Nadie Owens. Pero todo el mundo me llama Nad, para abreviar.

—Encantada de conocerle, señorito Nad.

Nad la miró de arriba abajo. No llevaba más que una especie de camisón blanco, sin bordados ni puntillas. Su cabello era largo y de un castaño no muy oscuro, y su cara recordaba un poco a la de un duende, con esa sonrisilla ladeada y siempre inquieta, independientemente de la expresión que adoptase el resto de su cara.

—¿Te suicidaste? —le preguntó Nad—. ¿Robaste un chelín?

—Yo nunca he robado nada. Ni tan siquiera un pañuelo. Y para tu información —añadió, en tono impertinente—, los suicidas están allí, al otro lado del espino, y los dos ajusticiados, junto a las zarzas. Uno era un falsificador y el otro, un salteador de caminos o eso dice, pero para mí que no era más que un vulgar ratero.

—Ah —dijo Nad. Pero entonces, un cierto recelo comenzó a apoderarse de él y tanteó—: Dicen que hay una bruja aquí enterrada.

La niña asintió con la cabeza.

—Ahogada, quemada y enterrada aquí mismo. Y sin una triste lápida que indicara dónde enterraron mi cuerpo.

—¿Te ahogaron y *además* te quemaron?

Se sentó a su lado, sobre el lecho de hierba cortada, y tomó la pierna herida entre sus gélidas manos.

—Se presentaron en mi casa con las primeras luces del alba, estando yo aún medio dormida, y me sacaron a rastras. «¡Bruja, más que bruja!», gritaban. Recuerdo que estaban todos gordos y colorados, se ve que habían madrugado para frotarse a conciencia, como se hace con los cerdos el día que hay mercado. Luego, uno por uno, empezaron a acusarme: el uno decía que se le había cortado la leche, el otro que sus caballos cojeaban y, por último, la señorita Jemima, que era la más gorda y la que más a fondo se había restregado, se levantó y dijo que Solomon Porrit ya no la saludaba y, en cambio, se pasaba el día merodeando por el lavadero como una avispa que ronda un tarro de miel, y que la culpa de todo la tenía yo, porque estaba claro que lo había hechizado y que había que hacer algo para liberar al pobre chico de mi diabólica magia. Así que me ataron al taburete de la cocina y me metieron de cabeza en el estanque de los patos, diciendo que si era bruja no tenía nada que temer, que no me ahogaría, pero que si no, me daría cuenta enseguida. Y el padre de la señorita Jemima les dio una moneda de plata a cada uno para que aguantaran el taburete un buen rato, a ver si me ahogaba con el agua verde e inmunda del estanque.

—¿Y te ahogaste?

—Desde luego. Los pulmones se me llenaron de agua. Y dejé de respirar.

—Oh —replicó Nad—. O sea, que al final resultó que no eras una bruja.

La niña clavó en él sus diminutos y fantasmagóricos ojos, y esbozó una media sonrisa. Seguía pareciendo un duende, pero ahora sí resultaba guapa. Nad pensó que seguramente no le había hecho falta recurrir a la magia para atraer a Solomon Porrit, no con una sonrisa como aquélla.

—Qué bobada. Pues claro que lo era. Se dieron cuenta en cuanto me desataron y me tendieron sobre la hierba, nueve partes de mí muertas y toda llena de algas y demás porquerías del estanque. Puse los ojos en blanco y lancé una maldición sobre todos y cada uno de los allí presentes, les dije que su alma no hallaría reposo en tumba alguna. La maldición salió de mis labios con tal facilidad, que yo misma me sorprendí. Es como bailar al son de una melodía que no has oído nunca; sólo tienes que escucharla y dejar que tus pies sigan el compás y, de pronto, te das cuenta de que ya ha amanecido y llevas toda la noche bailando. —La niña se levantó y comenzó a bailar, con la luz de la luna iluminando sus pies descalzos—. Y así fue como los maldije a todos, con el último aliento de aquellos pulmones encharcados de agua sucia y pestilente. Justo después, me morí. Quemaron mi cuerpo allí mismo, sobre la hierba; dejaron que ardiera hasta convertirse en carbón. Luego, me enterraron en la fosa común, sin siquiera una lápida con mi nombre grabado en ella.

Por primera vez desde que comenzara a contarle su historia, la niña se quedó callada y, por un momento, Nad percibió cierta melancolía en su semblante.

—¿Y alguno de ellos está enterrado en este cementerio? —preguntó Nad.

—No, ninguno —replicó la niña, con un destello de luz en la mirada—. Al sábado siguiente, el señor Porringer recibió una alfombra muy bonita y muy fina que había comprado en Londres. Pero resultó que aquella finísima alfombra de buena lana, tejida con tanto esmero y delicadeza, venía cargada de miasmas, nada menos que la peste, y ese mismo domingo ya había cinco personas soltando esputos de sangre y con la piel más negra que yo después de que me tostaran. Una semana más tarde, prácticamente todos los habitantes del pueblo se habían contagiado. Cavaron un hoyo muy profundo a las afueras del pueblo para arrojar dentro los cadáveres infectados, todos revueltos, y sepultarlos bajo un montón de tierra.

—¿Murieron todos los habitantes del pueblo?

La niña se encogió de hombros.

—Todos los que estaban presentes cuando me ahogaron y me quemaron. ¿Qué tal va esa pierna?

—Mejor —respondió Nad—. Gracias.

Nad se puso en pie lentamente y, cojeando, se alejó del montón de hierba. Se apoyó en la verja.

—¿O sea, que siempre fuiste una bruja? Quiero decir, ya lo eras antes de lanzar aquella maldición.

—Pues sí que me hacían falta conjuros a mí —dijo ella, muy digna— para tener a Solomon Porrit mariposeando a mi alrededor todos los días.

Aquello no respondía en absoluto a su pregunta, pensó Nad, pero se guardó mucho de decírselo a ella.

—¿Cómo te llamas? —le preguntó.

—Mi tumba no tiene lápida —respondió ella, con tristeza—. Podría ser cualquiera, ¿no?

—Pero tendrás un nombre.

—Liza Hempstock, ¿te gusta ése? —replicó, en tono cortante—. No creo que sea pedir demasiado, ¿verdad? Algo que indique cuál es mi tumba. Estoy ahí, un poco más abajo, ¿lo ves? Todo cuanto puedo señalar para indicarte donde descanso es ese montón de agujas de pino.

Parecía tan triste que, por un instante, Nad sintió ganas de abrazarla. Pero al colarse entre dos rejas para volver al cementerio, tuvo una idea. Encontraría una lápida para Liza Hempstock, con su nombre grabado en ella. Lograría que volviera a sonreír.

Mientras subía por la ladera, se volvió para decirle adiós con la mano, pero ella ya se había ido.

Había trozos de lápidas y de estatuas funerarias rotas desperdigadas por todo el cementerio, pero Nad sabía que no podía presentarse con algo así ante la bruja de ojos grises que residía en la fosa común. Tendría que apañárselas de otra manera. Decidió que sería mejor no contarle sus planes a nadie, pues lo más probable era que intentaran quitarle esa idea de la cabeza.

Se pasó varios días ideando toda clase de planes, a cuál

más complicado y extravagante. El señor Pennyworth se desesperaba.

—Tengo la impresión —le dijo, mientras se rascaba su polvoriento bigote— de que, más que progresar, retrocedes. Sigues sin dominar la Desaparición. Eres *palmario*, muchacho. No pasas precisamente desapercibido. Si te presentaras ante quien fuera acompañado de un león rojo, un elefante verde y el mismísimo Rey de Inglaterra ataviado con sus ropas de ceremonia y montado sobre un unicornio naranja, seguramente, serías tú quien primero llamaría su atención.

Nad se limitaba a mirarle fijamente, sin abrir la boca. Estaba pensando si en las ciudades y los pueblos que habitaban los vivos habría tiendas especializadas donde sólo vendieran lápidas y, de ser así, cómo podía encontrar una; la Desaparición era el menor de sus problemas.

Se aprovechó de la facilidad con la que la señorita Borrows se dejaba distraer de sus lecciones de lengua y literatura, para preguntarle cosas acerca del dinero —cómo funcionaba eso exactamente y cómo se usaba para obtener las cosas que uno deseaba—. Nad tenía unas cuantas monedas que había ido encontrando por ahí a lo largo de los años (había descubierto que en los lugares frecuentados por las parejitas, era fácil encontrar alguna que otra moneda entre la hierba), y pensó que finalmente había encontrado el modo de darles un buen uso.

—¿Cuánto podría venir a costar una lápida? —le preguntó a la señorita Borrows.

—En mis tiempos —le repondió—, costaban unas quince guineas. Pero no tengo la menor idea de qué precio tendrán ahora. Imagino que serán más caras. Mucho más caras, seguro.

Nad tenía cincuenta y tres peniques. Obviamente,

necesitaría mucho más que eso para poder comprar una lápida.

Habían pasado ya cuatro años, más o menos la mitad de su vida, desde la última vez que visitó la tumba del Hombre Índigo. Pero todavía recordaba cómo encontrarla. Subió hasta el punto más alto del cementerio, el lugar en el que se erigía el mausoleo de Frobisher, que semejaba un diente cariado; desde allí se podía ver absolutamente todo: incluso la copa del viejo manzano y el campanario de la iglesia en ruinas. Se coló dentro del edificio y bajó y bajó hasta llegar a los minúsculos escalones labrados en la roca. Descendió por ellos hasta la gruta, situada a la altura del pie de la colina. Allí abajo reinaba la oscuridad, una oscuridad tan absoluta como la de la más profunda galería de una mina, pero Nad, al igual que los muertos, podía ver en la oscuridad, de modo que la gruta le reveló de inmediato todos sus secretos.

El Sanguinario estaba acurrucado en el interior de una carreta. Era tal como lo recordaba: el negro cabello ensortijado, lleno de odio y codicia. Esta vez, sin embargo, no sintió el más mínimo temor.

—TÉMEME —susurró el Sanguinario—, PUES CUSTODIO OBJETOS PRECIOSOS QUE JAMÁS HAN DE PERDERSE.

—No te tengo ningún miedo —replicó Nad—, ¿o es que ya no te acuerdas? He venido porque necesito llevarme de aquí algunas cosas.

—NADA SALE JAMÁS DE ESTE LUGAR —respondió el Sanguinario, sin moverse de su sitio—. EL PUÑAL, EL BROCHE, EL CÁLIZ. TODOS HAN DE PERMANECER EN LA OSCURIDAD, BAJO MI CUSTODIA. ESTOY A LA ESPERA.

En el centro de la gruta, había una losa de piedra sobre la cual se veían un puñal de piedra, un broche y un cáliz.

—Perdona mi curiosidad —le dijo Nad— pero ¿es ésta tu tumba?

—EL AMO NOS DEJÓ AQUÍ, EN LA LLANURA, PARA CUSTODIAR EL LUGAR, ENTERRÓ NUESTROS CRÁNEOS BAJO ESA PIEDRA, NOS DEJÓ AQUÍ CON UNA MISIÓN. DEBEMOS CUSTODIAR ESTOS TESOROS HASTA QUE EL AMO REGRESE.

—Pues yo diría que se ha olvidado de vosotros —señaló Nad—. Probablemente murió también hace siglos.

—SOMOS EL SANGUINARIO. CUSTODIAMOS LOS TESOROS.

Nad se preguntó cuántos años habría que retroceder en el tiempo para que la gruta situada en lo más profundo de la colina se hallara en una llanura. Probablemente, una eternidad. Podía percibir la corriente de miedo que el Sanguinario generaba a su alrededor. Sentía que el frío le paralizaba lentamente, como si una víbora polar le hubiera inoculado su gélido veneno en el corazón.

Se acercó a la losa de piedra y se inclinó para coger el broche.

—¡EH! —susurró el sanguinario—. NOS GUARDAMOS ESO PARA EL AMO.

—No le importará que lo tome prestado —replicó Nad. Dio un paso atrás y se fue hacia la escalera, sorteando los resecos cadáveres humanos y de animales diseminados por todo el suelo.

El Sanguinario se agitó furiosamente, enroscándose alrededor de la minúscula gruta como un humo espectral. Luego se calmó.

—REGRESARÁ —dijo el sanguinario, con aquella extraña voz que parecían tres—. SIEMPRE REGRESA.

Nad subió por las escaleras lo más deprisa que pudo. Por un momento, tuvo la impresión de que alguien le perseguía, pero en cuanto llegó arriba, al mausoleo de Frobisher, y pudo respirar por fin el fresco aire del amanecer, vio que allí no había nadie más que él.

Nad salió del mausoleo, se sentó en la hierba y sacó el broche de su bolsillo. En un primer momento, pensó que era negro, pero a la luz del sol vio que la piedra engastada en la negra filigrana era roja y tenía una veta en forma de espiral. Tenía el tamaño de un huevo de petirrojo y Nad se quedó mirándola fijamente y preguntándose si habría algo moviéndose en su interior. Por unos instantes, se quedó mirando la espiral como hipnotizado. De haber sido más pequeño, habría sentido la tentación de metérsela en la boca.

La piedra iba unida a la pieza de metal por una especie de grapa negra y varias patillas, que parecían garras, unidas entre sí por algo que parecía una culebra, pero que tenía demasiadas cabezas para ser una culebra. Nad se preguntó si el Sanguinario tendría el mismo aspecto visto a la luz del día.

Bajó por la ladera, tomando todos los atajos que conocía; se metió por entre la maraña de hiedra que cubría el panteón de los Bartleby (dentro, se oía refunfuñar a los Bartleby mientras se preparaban para irse a dormir) y siguió bajando y bajando hasta llegar a la verja.

Se deslizó por entre los barrotes y se dirigió a la fosa común.

—¡Liza! ¡Liza! —gritó, y miró a su alrededor a ver si acudía a la llamada.

—Buenos días —le saludó Liza.

Nad no podía verla, pero había una sombra bajo el espino y, al acercarse a ella, vio una forma blanca y translúcida que parecía una niña con los ojos grises.

—A estas horas debería estar durmiendo como la gente decente —le dijo la niña—. ¿Qué es eso que traes ahí?

—Tu lápida —respondió Nad—. Sólo quería saber qué debo escribir en ella.

—Mi nombre. Tienes que escribir mi nombre: con una E grande, de Elizabeth, como la reina que murió cuando yo nací, y una H igual de grande, de Hempstock. Lo demás me da igual porque nunca he sabido leer.

—¿Y las fechas? —le preguntó Nad.

—Guillermo el Conquistador 1066 —canturreó la niña—. Tú sólo pon una E y una H bien grandes.

—¿Tenías un oficio? Quiero decir que si, aparte de ser bruja, hacías algo más.

—Lavaba la ropa —respondió ella.

En ese momento, la luz del sol inundó el erial y Nad se encontró de nuevo solo.

Eran las nueve de la mañana y todo el mundo dormía. Nad estaba decidido a permanecer despierto. Después de todo, tenía una misión. Tenía ocho años y el mundo que se extendía más allá de los límites del cementerio no le infundía ningún temor.

Ropa. Iba a necesitar algo de ropa. Sabía que su atuendo habitual —una sábana gris enrollada a modo de túnica alrededor del cuerpo— no resultaba en absoluto apropiado para andar por ahí. Para andar por el cementerio era más que suficiente, pues el color armonizaba con el de las piedras y las sombras, pero si iba a aventurarse a salir al mundo exterior, necesitaría algo que no llamara la atención.

Había algunas prendas de vestir en la cripta situada detrás de la iglesia en ruinas, pero Nad no quería entrar allí, ni siquiera a plena luz del día. No le importaba tener que dar explicaciones al señor y a la señora Owens, pero no estaba dispuesto a tener que justificarse ante Silas; se avergonzaba sólo con pensar en cómo le mirarían aquellos ojos negros si le hacía enfadar o, peor aún, si le decepcionaba.

Había un pequeño cobertizo al fondo del cementerio,

una caseta verde que olía a aceite de motor donde se guardaban el viejo cortacésped —oxidado por la falta de uso— y algunas herramientas de jardín. Dejó de utilizarse cuando se jubiló el último jardinero y, por entonces, Nad no había nacido siquiera. Desde entonces, era el ayuntamiento quien se ocupaba de cuidar el cementerio entre los meses de abril y septiembre (enviaban a alguien una vez al mes para que cortara el césped), y el resto del año la tarea quedaba en manos de la Asociación de Amigos del Cementerio.

La puerta tenía un candado enorme, pero Nad sabía que en la parte de atrás una de las tablas estaba suelta. A veces, cuando le apetecía estar un rato a solas, se colaba allí dentro y se sentaba a pensar en sus cosas. Por eso sabía que alguien se había dejado una chaqueta marrón y unos vaqueros viejos con manchas de verdín colgados detrás de la puerta. Los pantalones le venían demasiado grandes, pero se los arremangó hasta los tobillos y se los ató con una cuerda para que no se le cayeran. Vio unas botas en un rincón y se las probó a ver si le valían, pero eran enormes y estaban llenas de barro, así que apenas podía levantarlas del suelo. Salió del cobertizo y se puso la chaqueta marrón. También le venía grande, pero se la arremangó para dejar las manos libres y en paz. Metió las manos en los amplios bolsillos de la chaqueta y pensó que con aquella ropa iba hecho un figurín.

Nad se dirigió a la puerta principal del cementerio y echó un vistazo a través de los barrotes. Un autobús pasó por la carretera; ahí fuera había coches y ruido y tiendas. A su espalda, un lugar tranquilo, lleno de árboles y hiedra: su hogar.

Con el corazón a punto de saltar de su pecho, Nad salió al mundo.

Abanazer Bolger había visto mucha gente rara a lo largo de su vida; cualquiera que regentara una tienda como la de Abanazer, los habría visto también. Su establecimiento —que funcionaba como tienda de antigüedades, bazar y casa de empeños (ni el propio Abanazer tenía muy claro cuál era el lugar dedicado a cada cosa)—, estaba situado en el laberinto de calles que componían el casco antiguo y atraía a todo tipo de gente extraña; algunos venían a comprar y otros a vender. Abanazer Bolger atendía a sus clientes en el mostrador, ya vinieran a comprar o a vender, pero sus mejores negocios los hacía en la trastienda, donde aceptaba objetos que quizás habían sido adquiridos por medios no del todo honestos y que después cambiaba por otros. Su negocio era un iceberg. El pequeño establecimiento lleno de polvo no era más que lo que se veía desde la superficie. El resto estaba sumergido, pues eso era exactamente lo que deseaba Abanazer Bolger.

Abanazer Bolger llevaba unas gafas de cristales muy gruesos y un leve gesto de asco permanentemente dibujado en el rostro, como si acabara de descubrir que la leche que había añadido a su té estaba cortada y no pudiera quitarse el mal sabor de la boca. Dicho semblante le resultaba muy útil cuando alguien intentaba venderle algo. «Sinceramente, esto no vale un céntimo. No obstante, como veo que para usted tiene cierto valor sentimental, le daré lo que pueda», les decía con el gesto torcido. Tenías suerte si lograbas obtener de él algo siquiera remotamente parecido a lo que tú creías que querías.

Un negocio como el de Abanazer Bolger atraía a todo tipo de gente rara, pero el niño que entró en la tienda aquella mañana era uno de los personajes más extraños que Abanazer recordaba haber visto a lo largo de toda una vida dedicada a desplumar a todo bicho raro que pasara por su establecimiento. Aparentaba unos siete años, e iba vestido con la ropa de su abuelo. Olía a cobertizo. Iba descalzo. Tenía el cabello largo y enmarañado, y estaba muy serio. Llevaba las manos metidas en los bolsillos de una chaqueta marrón y llena de polvo, pero aunque no podía verle las manos, Abanazer sabía que tenía algo fuertemente apretado en su mano derecha.

—Perdone —le dijo el niño.

—Dime, rapaz —replicó Abanazer, sin bajar la guardia.

«Niños —pensó—. Todos vienen a vender algo que han birlado o algún juguete.» En cualquiera de los dos casos, normalmente les decía que no. Si le comprabas un objeto robado a un niño, al día siguiente se te presentaba allí un adulto hecho un basilisco acusándote de haberle comprado su alianza de boda al pequeño Johnnie o a la pequeña Mathilda por diez cochinos dólares. Los niños siempre traían problemas, no merecía la pena.

—Necesito comprarle algo a una amiga —dijo el niño—, y he pensado que podría venderle a usted una cosa para conseguir el dinero.

—No hago negocios con niños pequeños —le respondió Abanazer, sin andarse por las ramas.

Nad sacó la mano del bolsillo y dejó el broche sobre el cochambroso mostrador. En un primer momento, Bolger lo miró con desconfianza, pero el objeto captó inmediatamente su atención. Se quitó las gafas. Cogió un ocular que había sobre el mostrador, como el que usan los joyeros para estudiar la talla de una piedra preciosa, y se lo encajó en el ojo. Encendió una lamparilla y examinó el broche a través del ocular. «¿Piedra de serpiente?[21]», dijo para sus adentros. Luego, se quitó el ocular, se volvió a poner las gafas y miró fijamente al niño con aire suspicaz.

—¿De dónde has sacado esto? —preguntó.

—¿Quiere usted comprármelo? —le preguntó a su vez Nad.

—Lo has robado. Lo birlaste de un museo o algo parecido, ¿no es así?

—No —respondió Nad, categóricamente—. ¿Va usted a comprarlo o me lo llevo a ver si puedo vendérselo a otra persona?

La expresión de Abanazer se suavizó. De pronto, se volvió de lo más afable. Le sonrió abiertamente.

—Perdóname, rapaz. Es que uno no tropieza muy a menudo con objetos como éste. De hecho, es una pieza de museo. Y sí, me encantaría poder quedármela. ¿Qué te parece si nos sentamos a tomar una taza de té y unas galletas (precisamente tengo en la trastienda un paquete entero de galletas de chocolate) mientras decidimos cuánto puede valer? ¿Eh?

Nad sintió un gran alivio al ver aquel cambio de actitud.

—Sólo necesito el dinero suficiente para comprar una lápida —le dijo—. Es para una amiga mía. Bueno, no es exactamente una amiga, sólo una conocida. Me hice daño en la pierna y ella me ayudó, ¿sabe?

21. En la antigüedad, esta clase de piedras —que según algunas tradiciones procedían de la cabeza de una sierpe— se usaban como antídoto para las picaduras de serpiente. Todavía hoy, en algunas zonas rurales, se sigue empleando este antiguo remedio para curar al ganado.

Abanazer Bolger, sin prestar demasiada atención a lo que el niño decía, lo llevó hasta el almacén, un espacio pequeño y sin ventanas abarrotado de cajas de cartón llenas de mercancías. En un rincón, había una caja fuerte, grande y anticuada. Nad vio también un cajón lleno de violines, un montón de animales disecados, sillas rotas, libros y grabados.

Junto a la puerta, había un escritorio no muy grande. Abanazer Bolger se sentó en la única silla que no estaba rota y Nad no tuvo más remedio que quedarse de pie. El viejo se puso a buscar algo en un cajón y Nad vio que dentro tenía una botella de whisky. Abanazer sacó el paquete de galletas que andaba buscando y le ofreció una. Luego, encendió la lámpara que tenía sobre el escritorio y examinó la pieza de metal sobre la que iba montada la piedra, reprimiendo un leve escalofrío al ver la expresión dibujada en los rostros de las serpientes.

—Es muy antiguo —y pensó, «de un valor incalculable»—. Probablemente no vale nada, pero nunca se sabe.

Nad se llevó una gran desilusión. Abanazer le sonrió con aire afable.

—Antes de darte un solo penique por él, quiero asegurarme de que no lo has robado. ¿No lo habrás cogido del tocador de tu mamá? ¿O de la vitrina de un museo? A mí puedes decirme la verdad, te prometo que no le diré nada a nadie. Simplemente, necesito saberlo.

Nad negó con la cabeza y siguió masticando su galleta.

—Entonces, ¿de dónde lo has sacado?

Nad se quedó callado.

Abanazer Bolger se resistía a soltar el broche, pero lo dejó sobre la mesa y lo deslizó hacia el niño.

—Si no me lo dices, será mejor que te lo lleves. En los negocios, la confianza entre ambas partes es esencial. Ha sido un placer conocerte. Siento que no hayamos podido cerrar el trato.

Nad se puso muy serio y, tras unos instantes de difícil reflexión, se decidió a hablar.

—Lo encontré en una tumba muy antigua —le explicó—. Pero no puedo decirle exactamente dónde.

No dijo nada más, pues el semblante afable de Bolger se había transformado completamente y la expresión de su rostro revelaba ahora una avidez y una codicia inquietantes.

—¿Y hay más como éste allí?

—Si no le interesa, buscaré otro comprador —le dijo—. Gracias por la galleta.

—¿Te corre prisa venderlo, eh? Tus papás se estarán preguntando dónde andas, ¿no?

El niño negó con la cabeza, pero enseguida se arrepintió de no haber dicho que sí.

—No te espera nadie. Estupendo. —Abanazer Bolger cerró su mano sobre el broche—. Pues ahora me vas a decir exactamente dónde lo has encontrado, ¿eh?

—No me acuerdo —replicó Nad.

—Demasiado tarde, amiguito. Te voy a dar un rato para que hagas memoria y trates de recordar dónde lo encontraste. Luego, cuando lo hayas pensado bien, tendremos una pequeña charla y me lo contarás.

Bolger se levantó, salió del almacén y cerró la puerta con un una llave grande de metal.

Abrió la mano, miró el broche y sonrió con avidez.

El sonido de la campanilla colocada encima de la puerta le indicó que alguien acababa de entrar en la tienda. Bolger, sorprendido, alzó la vista, pero no vio a nadie. Sin embargo, la puerta estaba entreabierta, así que la volvió a cerrar y, por si las moscas, colocó el cartel de CERRADO. Para mayor seguridad, echó también el cerrojo. No quería que nadie viniera a meter la nariz en sus asuntos.

Era otoño y el día había amanecido soleado, pero ahora estaba nublado y una fina lluvia salpicaba el mugriento cristal del escaparate.

Abanazer Bolger cogió el teléfono que había sobre el mostrador y, con mano trémula, marcó un número.

—He encontrado un auténtico chollo, Tom —le dijo a la persona que estaba al otro lado del hilo telefónico—. Pásate por aquí lo antes posible.

Nad comprendió que le habían tendido una trampa en cuanto oyó que el viejo echaba la llave. Empujó la puerta, pero no se abrió. Pensó que había sido un estúpido al dejar que Bolger lo llevara hasta el almacén; tendría que haber echo caso de su primer impulso y no haberse fiado de aquel hombre. Había infringido las normas del cementerio y ahora estaba metido en un buen lío. ¿Qué diría Silas? ¿Qué dirían los Owens? Sentía que el pánico empezaba a apoderarse de él, pero se obligó a reprimirlo. Todo iba a salir bien. Pero para eso tenía que encontrar el modo de salir de allí...

Se puso a inspeccionar la habitación en la que lo habían encerrado. No era más que un pequeño almacén con un escritorio. La puerta era la única vía de escape.

Abrió el cajón del escritorio, pero dentro sólo encontró unos cuantos frascos de pintura (de la que se usa para restaurar antigüedades) y una brocha. Pensó que si arrojaba pintura a los ojos del hombre, quizá podría cegarle el tiempo suficiente para huir de allí. Abrió uno de los frascos e introdujo un dedo.

—¿Qué estás haciendo? —le susurró una voz al oído.

—Nada —respondió Nad, mientras volvía a cerrar el

frasco y se lo guardaba en uno de los gigantescos bolsillos de la chaqueta.

Liza Hempstock le miró, impasible.

—¿Qué haces aquí? —le preguntó—. ¿Y quién es ese carcamal de ahí fuera?

—Es el dueño de la tienda. Estaba intentando venderle una cosa.

—¿Por qué?

—Eso a ti no te importa.

La niña le miró con desdén.

—Deberías volver al cementerio —le dijo.

—No puedo. Estoy encerrado.

—Claro que puedes. No tienes más que atravesar la pared...

El niño negó con la cabeza.

—No puedo. En casa puedo atravesar las paredes porque cuando era un bebé me concedieron la Ciudadanía Honorífica del Cementerio, pero fuera de allí no tengo ese poder.

Nad la observó a la luz de la bombilla. Casi no podía verla, pero llevaba toda su vida hablando con muertos.

—Y a todo esto, ¿qué estás haciendo aquí? ¿Qué haces tú fuera del cementerio? Es de día. Y tú no eres como Silas. Se supone que no puedes salir del cementerio.

—Esas reglas sólo son para los que están enterrados en el cementerio, en tierra consagrada. A mí nadie me dice lo que tengo que hacer y tampoco necesito el permiso de nadie para ir a donde me dé la gana. —Elizabeth miró hacia la puerta con el ceño fruncido—. No me gusta nada ese tipo. Voy a ver qué es lo que está haciendo.

En un abrir y cerrar de ojos, la niña desapareció. Nad oyó el estallido de un trueno a lo lejos.

En la oscuridad de su abigarrada tienda, Abanazer

Bolger alzó la vista con recelo, convencido de que alguien le estaba observando, pero enseguida se dio cuenta de que era una idea absurda. «El niño está encerrado en el almacén. Y he echado el cerrojo a la puerta», se dijo. Estaba frotando con una gamuza la pieza metálica sobre la que iba montada la piedra de serpiente y lo hacía con tanto mimo y delicadeza como un arqueólogo que limpia una pieza recién extraída de la tierra. Había logrado quitarle toda la mugre y la plata relucía ahora como si fuera nueva.

Empezaba a arrepentirse de haberle dicho a Tom Hustings que se pasara por la tienda, aunque Hustings era una mole y sabía cómo intimidar a la gente. También lamentaba tener que vender el broche cuando todo hubiera acabado. Era un objeto muy especial.

Pero seguro que en el lugar del que procedía había más. El niño le diría dónde lo encontró. Y le llevaría hasta allí.

El niño...

De pronto, se le ocurrió una idea. Venciendo la reticencia que sentía a separarse del broche, lo dejó sobre el mostrador y abrió el cajón para sacar una lata de galletas que contenía sobres, papel de cartas y unas cuantas tarjetas.

Se puso a buscar entre los papeles y sacó una cartulina algo más grande que una tarjeta de visita. Tenía los bordes negros y sólo se veía una palabra escrita a mano: JACK. Debía de llevar allí muchos años, pues la tinta había adquirido un tono sepia.

Al dorso, a lápiz, Abanazer había anotado con letra diminuta y precisa una serie de instrucciones, aunque recordaba perfectamente cómo usar aquella tarjeta para llamar al hombre Jack. No, «llamar» no era la palabra más adecuada. «Invitar.» No era el tipo de persona al que uno pudiera llamar sin más.

Alguien llamó a la puerta de la tienda.

Bolger dejó la tarjeta encima del mostrador y fue a ver quién era.

—Date prisa —le urgió Tom Hustings—. Hace un frío que pela y me estoy empapando.

Bolger quitó el cerrojo y Hustings, impaciente, empujó la puerta; traía la gabardina y el pelo completamente mojados.

—A ver, ¿qué es eso tan importante que no me puedes contar por teléfono?

—Algo que nos va a hacer ricos —le dijo—. Ni más ni menos.

Hustings se quitó la gabardina y la colgó detrás de la puerta.

—¿Y de qué se trata? ¿Una valiosa mercancía que cayó de la parte trasera de un camión?

—De un auténtico tesoro —le dijo Bolger—. Dos, en realidad.

Llevó a su amigo hasta el mostrador y colocó el broche bajo la luz de la lámpara para que su amigo pudiera verlo bien.

—Es una pieza antigua, ¿verdad?

—Anterior a la era cristiana —precisó Abanazer—. Muy anterior. De la época de los druidas. Antes de que llegaran los romanos. Lo llaman piedra de serpiente. Las había visto ya en algún museo. Nunca había visto un trabajo de orfebrería como éste, tan exquisito. Seguramente perteneció a algún rey. El chico que me lo trajo dice que lo encontró en una tumba. Imagina una carretilla repleta de objetos como éste.

—Igual merece la pena llevar este asunto por lo legal —dijo Hustings, pensando en voz alta—. Notificar a las autoridades competentes que hemos hallado un tesoro. Tienen la obligación de comprárnoslo a precio de mercado y podríamos pedirles que le pusieran nuestro nombre. El legado Hustings-Bolger.

—Bolger-Hustings —le corrigió automáticamente Abanazer—. Conozco a unos cuantos coleccionistas, gente que maneja mucho dinero, que estarían dispuestos a pagar por él una cantidad muy superior a su precio de mercado, si les damos la ocasión de cogerlo en sus manos tal como lo tienes tú ahora. —Pues Hustings lo estaba acariciando suavemente, como si fuera un gatito—. Y sin hacer preguntas.

Bolger alargó el brazo y Hustings, no sin cierta reticencia, le devolvió el broche.

—Mencionaste dos tesoros —dijo Hustings—. ¿Cuál es el otro?

Abanazer Bolger cogió la tarjeta que había dejado sobre el mostrador y la alzó para mostrársela a su amigo.

—¿Sabes qué es esto? —le preguntó.

Hustings dijo que no con la cabeza.

Abanazer volvió a dejar la tarjeta sobre el mostrador.

—Hay alguien que busca a alguien.

—¿Y?

—Hasta donde yo sé —le explicó Abanazer—, el segundo alguien es un niño.

—Niños hay a montones —replicó Tom Hustings—. Por todas partes. Das una patada y salen cien. De lo cual deduzco que el tipo en cuestión está buscando a un niño en particular, ¿no es eso?

—Este niño en particular tiene la edad adecuada. La pinta que lleva... en fin, enseguida verás a qué me refiero. Y fue él quien encontró el broche. Creo que podría ser él.

—¿Y si, en efecto, es él?

Abanazer Bolger cogió la tarjeta y la agitó lentamente en el aire, como si le hubiera prendido fuego y quisiera avivar la llama.

—Esta vela alumbrará el camino hasta tu cama... —canturreó Bolger.

—... y este hacha te cortará la cabeza[22] —replicó Hustings, pensativo—. Pero, piensa una cosa: si llamamos al hombre Jack, perderemos al niño. Y si perdemos al niño, nos quedamos sin tesoro.

Se pusieron a discutir la cuestión, sopesando los pros y los contras para dilucidar si merecía la pena entregar al niño y renunciar al tesoro, que había ido creciendo en su imaginación hasta convertirse en una cueva repleta de valiosísimos objetos y, mientras hablaban, Bolger sacó una botella de licor de endrinas de detrás del mostrador y sirvió dos generosas copas «para celebrarlo».

Liza se aburrió pronto de escuchar su conversación —que no hacía más que dar vueltas y más vueltas en torno a lo mismo, sin llegar a ninguna conclusión—, y volvió al almacén. Nad estaba de pie en medio de la habitación, con los ojos y los puños fuertemente apretados y el rostro contraído, como si le dolieran mucho las muelas, y colorado, a fuerza de contener la respiración.

—¿Se puede saber qué estás haciendo? —le preguntó la niña, siempre impasible.

Nad abrió los ojos y se relajó.

—Intento la Desaparición —le respondió.

—Vuelve a intentarlo —dijo ella, en tono displicente.

El niño lo intentó una vez más, aguantando la respiración durante más tiempo.

22. Se trata de los dos últimos versos de una canción infantil que acompaña a un juego similar a nuestro Pasimisí. En el último verso, se bajan los brazos para atrapar al niño que en ese momento pasa por debajo.

—Para ya —le dijo la niña—. Vas a reventar.

Nad respiró hondo y suspiró.

—No hay manera —dijo—. ¿Y si le tiro una piedra y salgo corriendo, sin más?

Pero allí no había ninguna piedra, así que cogió un pisapapeles de cristal y lo sopesó en su mano, pensando si tendría fuerza suficiente para dejar seco a Abanazer Bolger de un solo golpe.

—Ha venido otro hombre, está con él ahí fuera —le explicó Liza—, de modo que aunque logres escapar de uno, el otro te pillará. Dicen que van a obligarte a decirles dónde encontraste el broche y que luego inspeccionarán la tumba para llevarse el tesoro.

Liza no le habló del otro asunto que les había oído discutir, ni de la tarjeta con el borde negro.

—Y a todo esto, ¿por qué has hecho semejante estupidez? —le preguntó, meneando la cabeza—. Conoces las reglas del cementerio perfectamente y sabes que no puedes salir de allí. Mira que son ganas de meterte en líos.

Nad se sentía insignificante y estúpido.

—Sólo quería comprarte una lápida —admitió, con un hilo de voz—. Pero no tenía dinero suficiente. Por eso quería venderle el broche, para que tuvieras tu lápida.

La niña no dijo nada.

—¿Estás enfadada conmigo?

Liza dijo que no con la cabeza.

—Es la primera vez en quinientos años que alguien hace algo bueno por mí. ¿Cómo voy a estar enfadada? —respondió, con su sonrisilla de duende. Y, tras una breve pausa, le preguntó—: ¿Qué es lo que haces, cuando intentas la Desaparición?

—Lo que me dijo el señor Pennyworth, pienso: «Soy un umbral deshabitado, un callejón desierto. Soy nada.

No hay ojo capaz de verme, ni mente capaz de percibirme». Pero nunca he logrado que funcione.

—Eso es porque estás vivo —le dijo Liza, con gesto displicente—. Eso sólo podemos hacerlo nosotros, los muertos. Para nosotros lo difícil es manifestarnos. Los vivos no podéis desaparecer.

La niña se abrazó con fuerza, balanceando su cuerpo hacia delante y hacia atrás, como si intentara tomar una decisión difícil. Al cabo de unos instantes, le dijo:

—Ha sido por mi culpa por lo que te has metido... Ven aquí, Nadie Owens.

Nad se acercó a la niña y ella le puso su gélida mano en la frente. Era como un pañuelo de seda húmedo.

—A ver si lo puedo arreglar echándote una mano —le dijo.

Y dicho esto, empezó a murmurar en voz muy baja palabras que Nad no lograba descifrar. Luego, Liza dijo en voz alta y clara:

Sé pozo, sé polvo, sé sueño, sé viento,
Sé noche, sé oscuro, sé deseo, sé mente,
Huye, deslízate, muévete sin ser visto,
Hacia arriba, hacia abajo, a través, entre medias.

Algo inmenso le tocó y barrió su cuerpo de los pies a la cabeza. Nad se estremeció. Se le pusieron los pelos de punta y la carne de gallina. Notó que algo había cambiado.

—¿Qué es lo que has hecho? —le preguntó a la niña.

—Echarte una mano, nada más —respondió ella—. Estoy muerta, pero sigo siendo una bruja. Y una bruja nunca olvida.

—Pero...

—Calla —le susurró—. Ya vienen.

Oyeron el sonido de la llave al abrir la cerradura.

—Muy bien, chaval —dijo una voz desconocida—. Seguro que ahora todos vamos a ser muy buenos amigos. ¿Verdad?

Tom Hustings echó un vistazo al interior del almacén sin pasar del umbral. Se quedó un poco desconcertado. Era un tipo muy, muy corpulento, con el cabello pelirrojo y la nariz roja y redonda de un payaso.

—Vaya. ¿Abanazer? ¿No me dijiste que estaba aquí dentro?

—Ahí fue donde lo dejé —respondió Bolger, que venía justo detrás de él.

Abanazer se asomó por encima del hombro de su amigo y echó un vistazo al interior del almacén.

—Es inútil que intentes esconderte —dijo, alzando la voz, mientras inspeccionaba la habitación, empezando por el lugar en el que estaba Nad—. Te veo perfectamente. Sal de ahí.

Los dos hombres entraron en el almacén y Nad se quedó quieto justo delante de sus narices, pensando en las lecciones del señor Pennyworth. No dijo nada, no movió un solo músculo. Dejó que las miradas de aquellos hombres le atravesaran sin verle.

—Te vas a arrepentir de no haber salido la primera vez que te lo pedí —gritó Bolger, y cerró la puerta de nuevo.

Entonces, se volvió hacia Hustings y le dijo:

—Muy bien. Tú quédate en la puerta, para que no se nos escape. Yo registraré el almacén.

Bolger se puso a mirar entre las cajas y se agachó para echar un vistazo debajo del escritorio. Pasó justo al lado de Nad y miró dentro del aparador.

—Te estoy viendo —gritó—. ¡Sal de ahí ahora mismo!

Liza dejó escapar una risilla.

—¿Qué ha sido eso? —preguntó Hustings, y se dio la vuelta.

—Yo no he oído nada —replicó Abanazer.

Liza volvió a reír. Luego, juntó los labios y sopló, emitiendo un sonido que empezó como un suave silbido y acabó pareciendo un viento lejano. Las luces del almacén parpadearon con un zumbido y, a continuación, se apagaron.

—Condenados plomos —masculló Abanazer—. Salgamos de aquí. Esto es una pérdida de tiempo.

Cerraron la puerta, y Liza y Nad se quedaron otra vez solos en el almacén.

—Se ha escapado —dijo Abanazer. Nad le oía perfectamente a través de la puerta—. En un sitio tan pequeño, si hubiera estado escondido lo habría encontrado enseguida.

—A ese tal Jack no le va a gustar nada la noticia.

—¿Y quién se lo va a decir?

Una pausa.

—Eh, tú, Tom Hustings, ¿qué ha pasado con el broche?

—¿Mmmm? ¿El broche, dices? Sólo quería ponerlo a buen recaudo.

—¿A buen recaudo? ¿En tu bolsillo? Pues no me parece a mí el sitio más seguro para guardarlo. Más bien parece como si hubieras querido robármelo... Ya sabes, quedártelo para ti solito.

—¿Tu broche, Abanazer? ¿Tu broche, dices? Querrás decir nuestro broche.

—Nuestro, claro. Pues no recuerdo yo que estuvieras presente cuando se lo quité a ese mocoso.

—¿Te refieres al mocoso que no fuiste capaz de

retener para entregárselo a ese tal Jack? ¿Te imaginas lo que hará contigo cuando se entere de que el niño que andaba buscando estuvo en tu poder y lo has dejado escapar?

—Probablemente no se trataba del mismo chico. Hay millones de niños en el mundo; ¿qué probabilidades hay de que fuera precisamente ése el que estaba buscando? Me apostaría el cuello a que se largó por la puerta de atrás en cuanto me di la vuelta —y luego, con voz aflautada y lisonjera, añadió—: No te preocupes por ese tal Jack, Hustings. Estoy seguro al cien por cien de que ése no era el niño. Estoy viejo y mi mente me jugó una mala pasada, eso es todo. Mira, nos hemos bebido ya casi todo el licor de endrinas; ¿te apetece una copa de whisky? Tengo un buen escocés guardado en la trastienda. Tú ponte cómodo mientras voy a buscarlo.

No habían echado la llave a la puerta del almacén y Abanazer entró sigilosamente, con una linterna y un bastón en la mano. La expresión de su rostro era aún más perversa que de costumbre.

—Si sigues ahí escondido —murmuró—, será mejor que no intentes escapar de mí. Te he denunciado a la policía, para que lo sepas.

Hurgó en un cajón del escritorio y sacó una botella de whisky medio vacía y un minúsculo frasquito negro. Abanazer abrió el frasquito y vertió unas gotas del líquido que contenía en la botella de whisky.

—Ese broche es mío y sólo mío —murmuró en voz muy baja y, acto seguido, gritó—. ¡Ya voy, Tom!

Con el ceño fruncido, echó un vistazo al interior del almacén, sin advertir en absoluto la presencia de Nad y salió de allí con la botella en la mano. Esta vez, cerró la puerta con llave.

—Aquí tienes —le oyó decir Nad a través de la puerta—. Acércame tu vaso, Tom. Un trago de este whisky y como nuevo. Tú dirás basta.

Silencio.

—Bah, sabe a matarratas. ¿Tú no bebes?

—El licor de endrinas me ha caído como un tiro. Dame un minuto para que se me siente un poco el estómago... —Y de pronto—: ¡Eh, Tom! ¿Qué has hecho con mi broche?

—¿Otra vez *tu* broche? Baagh... Creo que me estoy mareando... ¡Me has puesto algo en el whisky, maldito gusano!

—¿Y de qué te sorprendes? Te he visto venir, sabía que intentarías robármelo otra vez. Eres un ladrón.

Y entonces se pusieron a dar voces y se armó un verdadero escándalo, como si estuvieran volcando los muebles...

... y, de pronto, todo quedó en silencio.

—Rápido, éste es el momento. Larguémonos de aquí —dijo Liza.

—Pero la puerta está cerrada con llave —dijo Nad, y miró a la niña—. ¿Hay algo que puedas hacer para sacarnos de aquí?

—¿Yo? No conozco ningún conjuro que pueda sacarte de una habitación cerrada con llave por arte de magia.

Nad se agachó y miró por el ojo de la cerradura. No se veía nada; el hombre había dejado la llave puesta. Nad reflexionó un momento, luego, esbozó una sonrisa y su cara se iluminó como una bombilla. Cogió un periódico arrugado que había en una de las cajas y arrancó una hoja, la alisó lo mejor que pudo y la pasó por debajo de la puerta, dejando dentro tan sólo una esquinita.

—¿Se puede saber a qué estás jugando? —le preguntó Liza, impaciente.

—Necesito un lápiz o algo por el estilo. Pero un poco

más fino... Ya lo tengo —cogió un pincel muy fino que había visto antes sobre el escritorio, introdujo el mango en el ojo de la cerradura, lo movió un poco y, finalmente, empujó.

Al salir la llave sonó un clic y la oyó caer sobre la hoja de periódico. Nad tiró de ella y la llave pasó por debajo de la puerta.

Liza, sorprendida, se echó a reír.

—Muy ingenioso, jovencito. Qué idea tan inteligente.

Nad introdujo la llave en la cerradura y abrió la puerta.

Los dos hombres estaban tirados en el suelo, en mitad de la tienda. Efectivamente, habían volcado varios muebles; había sillas y relojes rotos por todas partes y, en medio de aquel estropicio, el inmenso cuerpo de Tom Hustings aplastando el de Abanazer Bolger. Ninguno de los dos se movía.

—¿Están muertos? —preguntó Nad.

—No caerá esa breva —respondió Liza.

No muy lejos de donde habían caído los dos hombres, vieron brillar la filigrana de plata que adornaba el broche; allí estaba también la piedra con vetas anaranjadas y rojas, sujeta con garras y serpientes, y en las cabezas de las serpientes se veía una expresión de triunfo, de avaricia y de satisfacción.

Nad se guardó el broche en el bolsillo, junto con el pisapapeles de cristal que había cogido en el almacén, el pincel y el frasco de pintura.

—Llévate esto también —le dijo Liza.

Nad miró la tarjeta con el borde negro y la palabra Jack escrita en una de sus caras. Le produjo cierta desazón. Había algo en ella que le resultaba vagamente familiar, algo que removía viejos recuerdos, algo peligroso.

—No la quiero.

—No puedes dejarla aquí, con ellos —dijo Liza—. Iban a usarla para hacerte daño.

—No la quiero —repitió Nad—. Es mala. Quémala.

—¡No! —exclamó Liza—. No la quemes. Ni se te ocurra.

—Pues se la daré a Silas —decidió Nad. Metió la tarjeta dentro de un sobre, para no tener que tocarla directamente, y se guardó el sobre en el bolsillo interior de la chaqueta.

A doscientas millas de allí, el hombre que se hacía llamar Jack se despertó y olfateó el aire. Bajó por las escaleras.

—¿Qué pasa? —le preguntó su abuela, que estaba removiendo el contenido de una gigantesca olla puesta al fuego—. ¿Qué te pasa?

—No lo sé. Pero está pasando algo. Algo... interesante —respondió, y se relamió—. Huele rico. Muy rico.

Un relámpago iluminó la empedrada calle.

Nad corría bajo la lluvia por el casco viejo de la ciudad, sin perder de vista en ningún momento la colina en la que estaba situado el cementerio.

Se había pasado el día encerrado en el almacén y se le había hecho de noche, así que no le sorprendió ver aquella sombra familiar revoloteando a la luz de las farolas. Nad vaciló un momento y entonces vio cómo el revoloteo de negro terciopelo adquiría la forma de una figura humana.

Silas se plantó justo delante de él, con los brazos cruzados. Se le acercó con aire impaciente.

—¿Y bien?

—Lo siento mucho, Silas —le dijo Nad.

—Estoy muy decepcionado, Nad —dijo Silas, meneando la cabeza—. Llevo buscándote desde que me levanté. Y me da en la nariz que te has metido en algún lío. Sabes de sobra que tienes terminantemente prohibido salir al mundo de los vivos.

—Lo sé. Lo siento mucho. —Gotas de lluvia rodaban por el rostro del niño, como si fueran lágrimas.

—Antes de nada, te voy a llevar a casa. —Silas se inclinó, y envolvió al niño en su capa. Nad sintió que sus pies perdían contacto con el suelo.

—Silas.

Silas no respondió.

—Me asusté un poco —le dijo—, pero sabía que si la cosa se ponía fea de verdad, tú vendrías a rescatarme. Y Liza estaba allí conmigo. Me ayudó mucho.

—¿Liza? —le preguntó, en tono seco.

—La bruja. La que está enterrada en la fosa común.

—¿Y dices que te ayudó?

—Sí. Sobre todo con la Desaparición. Creo que ahora ya sé cómo hacerlo.

—Ya me lo contarás todo cuando lleguemos a casa —gruñó.

Nad no volvió a abrir la boca hasta que aterrizaron en el cementerio, justo al lado de la iglesia. Entonces la lluvia empezó a arreciar y se metieron dentro.

Nad sacó el sobre en el que había guardado la tarjeta con el borde negro.

—Ejem. Pensé que sería mejor que tú decidieras qué hacer con esto —le dijo—. En realidad fue idea de Liza.

Silas miró el sobre y, a continuación, sacó la tarjeta. La examinó un momento, le dio la vuelta y leyó las instrucciones que Abanazer había escrito a lápiz en el dorso, con su diminuta letra. Explicaban cómo había que usar la tarjeta.

—Cuéntamelo todo —le dijo al niño.

Nad le contó todo lo que había pasado ese día tratando de no olvidar ningún detalle. Cuando terminó, Silas meneó lentamente la cabeza, con aire pensativo.

—¿Me vas a castigar? —le preguntó Nad.

—Nadie Owens —comenzó Silas—, desde luego que vas a ser castigado. No obstante, dejaré que sean tus padres adoptivos quienes decidan qué castigo mereces. Mientras tanto, yo me ocuparé de esto.

La tarjeta desapareció entre los pliegues de su capa y, a continuación, Silas se esfumó.

Nad se cubrió la cabeza con la chaqueta y subió por el embarrado sendero hasta el mausoleo de Frobisher.

Luego, bajó por la escalera de piedra hasta llegar a la cripta situada en pleno corazón de la colina.

Dejó caer el broche al lado del cáliz y del puñal.

—Aquí lo tienes —dijo—. Y bien reluciente. Así es mucho más bonito.

—HA RETORNADO —susurró el Sanguinario, en tono satisfecho—. SIEMPRE RETORNA.

Había sido una noche larga, pero estaba a punto de amanecer.

Nad pasó, soñoliento y con cierta cautela, junto a la tumba de aquella mujer de nombre maravilloso, la señorita Liberty Roach[23] (*Lo que gastó se perdió sin más, lo que regaló permanecerá siempre con ella. Sed caritativos*), y junto a la tumba donde descansaba Harrison Westwood, Panadero de este Concejo, y Esposas, Marion y Joan, de camino hacia la fosa común. El señor y la señora

23. Literalmente, «Libertad Cucaracha».

Owens habían muerto varios siglos antes de que los pedagogos decidieran que no estaba bien pegar a los niños, de modo que aquella noche el señor Owens había cumplido con lo que él consideraba su obligación, por muy penosa que le resultara, y Nad tenía el trasero en carne viva. Sin embargo, ver la cara de preocupación de la señora Owens le había dolido mil veces más que los azotes.

Llegó hasta la verja y se deslizó por entre los barrotes para ir hasta la fosa común.

—¿Hola? —gritó.

No hubo respuesta. Y tampoco vio ninguna sombra bajo el espino.

—Espero que no te hayan castigado por mi culpa —dijo.

Nada.

Había vuelto a dejar los vaqueros en el cobertizo —iba más cómodo con su sábana gris—, pero había decidido quedarse con la chaqueta. Los bolsillos resultaban muy prácticos.

Al ir a devolver los vaqueros, había encontrado en el cobertizo una pequeña guadaña y decidió llevársela para segar las ortigas que crecían sobre la fosa común. Se había aplicado a fondo y ahora no quedaban más que los rastrojos.

Sacó del bolsillo el pisapapeles de cristal, cuyo interior estaba decorado con una mezcla de vistosos colores, y también el tarro de pintura y el pincel.

Introdujo el pincel en la pintura y, con mucho esmero, escribió sobre la superficie del pisapapeles las letras

E H

y debajo de ellas, las palabras

NO OLVIDAMOS

Ya era casi de día. Pronto llegaría la hora de irse a dormir y, durante algún tiempo, debía ser prudente y no retrasarse a la hora de volver a casa.

Colocó el pisapapeles sobre el terreno antes cubierto de ortigas, justo donde él pensaba que debía de estar la cabecera de la tumba y, deteniéndose tan sólo unos instantes a contemplar su obra, se fue hacia la verja, se deslizó por entre los barrotes y comenzó a subir por la ladera.

—No está mal —dijo una voz a su espalda, en tono descarado—. No está nada mal.

Pero al girar la cabeza, vio que el lugar estaba desierto.

INSTRUCCIONES

TOCA el portón de madera que hay en la pared
y que no habías visto antes,
Di «por favor» antes de abrirlo,
cruza el umbral,
avanza por el sendero.
Sobre la puerta pintada de verde, un diablillo
rojo labrado en metal
hace las veces de aldaba,
no lo toques; te morderá los dedos.
Recorre la casa. No cojas nada. No comas nada.
No obstante,
si una criatura te dice que tiene hambre,
dale de comer.
Si te dice que está sucia,
límpiala.
Si llora porque se ha lastimado,
siempre que puedas,
alivia su dolor.
Desde el jardín trasero podrás
ver el frondoso bosque.
Pasarás junto a un hondo pozo que desciende
hasta el reino del Invierno;

lo que hay al fondo pertenece a una tierra distinta.
Si llegado a este punto decides dar media vuelta,
puedes volver atrás, tranquilo;
no hay de qué avergonzarse.
No por eso me sentiré defraudado.

Atraviesa el jardín para llegar hasta el bosque.
Los árboles son centenarios.
Hay ojos que te observan entre la maleza.
Bajo un sarmentoso roble verás sentada
a una anciana.
Es posible que te pida algo;
dale lo que quiera.
Ella te dirá cómo llegar al castillo.
En su interior habitan tres princesas.
No te fíes de la menor. Sigue adelante.

En el claro que hay más allá del castillo verás
a los doce meses sentados alrededor del fuego,
calentándose los pies mientras cuentan sus cuentos.
Puede que te hagan algún que otro favor,
si se lo pides con educación.
Quizá Diciembre te deje coger fresas
bajo su manto de escarcha.

Confía en los lobos, pero no les digas adónde vas.
Para cruzar el río tendrás que tomar el *ferry*.
El patrón te llevará al otro lado.
(La respuesta a su pregunta es ésta:
«Si le entrega el remo a su pasajero, quedará
libre y podrá abandonar el barco».
Pero al responderle, procura estar
a una distancia prudente.)
Si un águila te da una pluma, guárdala
como oro en paño.

Y recuerda: que los gigantes tienen
el sueño muy pesado;
que a las brujas les pierde su codicia;
que los dragones tienen su punto débil,
no sé dónde, pero todos lo tienen;
el corazón es de natural discreto,
no permitas que tu lengua lo traicione.
No sientas celos de tu hermana:
soltar rosas y diamantes por la boca
no es menos molesto que soltar sapos y culebras:
los diamantes son fríos y duros y, además, cortan.

Recuerda tu nombre.
Nunca pierdas la esperanza: al final,
encontrarás lo que buscas.
Confía en los fantasmas.
Confía en que aquellos a los que has ayudado
te ayudarán a su vez.
Ten fe en los sueños.
Ten fe en tu corazón y también en tu historia.

Llegado el momento de regresar, vuelve
sobre tus pasos.
Todo favor será correspondido,
toda deuda quedará saldada.
No descuides tus modales.
No mires nunca atrás.
Vuela a lomos del águila sabia (no te caerás)
Nada a lomos del pez de plata (no te ahogarás)
Cabalga a lomos del lobo gris
(agárrate fuerte a su pellejo).
Hay un gusano en el corazón de la torre;
y ésa es la razón por la que no durará siempre.

Cuando llegues a la casita,
al lugar donde comenzó tu viaje,
la reconocerás de inmediato,
aunque ahora parecerá más pequeña
que al principio.
Sube por el sendero, cruza el umbral
del portón que sólo viste una vez,
justo antes de iniciar el viaje.
Ahora ya puedes volver a tu hogar.
O crear uno nuevo.

O descansar.

Otros títulos de la colección

Por el autor de Coraline
NEIL GAIMAN
El
Libro del
Cementerio

EL LIBRO DEL CEMENTERIO

ESCUCHAD esta trágica historia: una familia que duerme, un asesino sin compasión y una criatura aventurera, un huérfano que escapa de la muerte. ¿O no? El pequeño escapa del peligro y consigue gatear hasta lo más alto de la colina. Detrás de la valla que se encuentra, existe un lugar oscuro y tranquilo, un cementerio lleno de una vida especial. El niño es recibido allí donde los muertos no duermen y todos los que allí habitan deciden brindarle su protección, porque fuera, tras la valla que separa a la ciudad de sus fantasmas, el asesino vil espera pacientemente. Pero ¿quién es este niño al que quiere muerto?

Novela ganadora de la Medalla Newberry 2009 a la mejor novela juvenil estadounidense.

FABLEHAVEN
BRANDON MULL

FABLEHAVEN

KENDRA y Seth Sorensen van a pasar el verano con su abuelo, un hombre malhumorado que no parece querer saber mucho de sus nietos. Además de todo eso, no hay televisión, ni videojuegos, y el abuelo es extremadamente estricto en lo que se refiere a las normas. Pero sí que les dará algo: seis llaves, un diario con candado y un acertijo que ningún otro primo de Kendra y Seth ha resuelto jamás.

Un mundo de criaturas fantásticas, bondadosas y perversas abrirá sus puertas para siempre…

«Los libros de la serie de *Fablehaven* son tan entretenidos que me leí los tres primeros de una sentada. El mundo que ha creado Mull es profundo, misterioso, mágico y lleno de descubrimientos sorprendentes y de peligros inesperados. Ojalá los hubiera leído con 10 o 12 años.»

CHRISTOPHER PAOLINI, autor de *Eragon*

El cementerio sin lápidas
y otras historias negras

SE ACABÓ DE IMPRIMIR

EN UN DÍA DE OTOÑO DE 2010

EN LOS TALLERES DE LITOGRÁFICA

INGRAMEX, S.A. DE C.V.,

CENTENO 162-1, COL. GRANJAS

ESMERALDA, C.P. 09810,

MÉXICO, D.F.